古典詩歌研究彙刊

第十三輯

龔鵬程 主編

第17冊

葉燮詩論「正變」觀念之研究

李興寧 著

國家圖書館出版品預行編目資料

葉燮詩論「正變」觀念之研究／李興寧 著 — 初版 — 新北市：

花木蘭文化出版社，2013〔民 102〕

目 4+166 面；17×24 公分

（古典詩歌研究彙刊　第十三輯；第 17 冊）

ISBN　978-986-322-085-5（精裝）

1.（清）葉燮 2. 清代詩 3. 詩評

820.91　　102000934

ISBN-978-986-322-085-5

9 789863 220855

古典詩歌研究彙刊

第十三輯　第十七冊　　ISBN：978-986-322-085-5

葉燮詩論「正變」觀念之研究

作　　者　李興寧

主　　編　龔鵬程

總 編 輯　杜潔祥

出　　版　花木蘭文化出版社

發 行 所　花木蘭文化出版社

發 行 人　高小娟

聯絡地址　235 新北市中和區中安街七二號十三樓

電話：02-2923-1455／傳眞：02-2923-1452

網　　址　http://www.huamulan.tw 信箱 sut81518@gmail.com

印　　刷　普羅文化出版廣告事業

初　　版　2013 年 3 月

定　　價　第十三輯 20 冊（精裝）新台幣 28,000 元

葉燮詩論「正變」觀念之研究

李興寧　著

作者簡介

李興寧，國立高雄師範大學國文研究所文學博士（2003），研究領域為史傳及傳記文學。曾任中學國文教師、國文系助教，現任輔英科技大學文教事業管理學位學程與共同教育中心助理教授。

提　　要

本論文採用「文學史觀」之觀察角度，著眼於葉燮詩論中「正變」觀念在思想史與文學史中的相承相繼，並聯繫其創作原理及批評論點，進一步將葉燮置於明末清初之時空座標及文學譜系中，探討其之所以能「創闢其識，綜貫成一家言」的原因。研究材料有二：一是以《原詩》為主，以葉燮詩集、文集為輔，參考歷來學者對葉燮文論、詩歌及散文的評價。二是就本論文所提出葉燮詩論的「正變」觀點，與《易傳》、《詩大序》及《文心雕龍》對於正變、通變及復變觀念的比較。

研究成果分為四點說明：

一、作《原詩》之動機：一是掃除陳見俗諦，二是成就一家之言。葉燮以為欲知古人的真面目，必須先辨明詩的源流、本末、正變、盛衰。其欲掃除之陳見有三：一是「句剽字竊」的尊唐者，乃指明七子及其末流。二是以錢起、劉長卿「淺利輕圓」為標榜者，此為宗尚中晚唐的詩人；三是推崇陸游、范成大及元好問「婉秀便麗」者，所指為宗尚宋元詩者。故作《原詩》建立以「源流本末」為系統的詩話理論。

二、葉燮詩學之正變觀：兩漢及兩漢前的「正變」觀，偏向文學內容與政治社會關係之融合；南朝的「通變」觀，則偏向文學形式和文學本質的理解。葉燮詩話理論體系中的「正變」論，結合了《詩大序》的「風雅正變」說和劉勰《文心雕龍》的「通變說」。所謂「正」，即詩之正統、正宗；所謂「變」，則是詩歌的發展流變與因革沿創。本文所探討之「正變」，乃從最初與時代、政治的關係，到文學本身的發展，理論的內容與名詞的變遷。

三、葉燮論詩歌之本與詩人之本：《原詩》從歷史發展的角度，論述從《詩經》以降迄於清初詩歌源流正變的過程。葉燮認為「本」包括了詩歌之本和詩人之本二種，詩歌之本為「理事情」，詩人之本則為「才膽識力」。

葉燮以為，世間萬物都並非永恆的存在，而是時時處於變化發展之中，反對復古模擬，強調發展詩歌變化的「正變說」。詩歌之變，不是退後，而是一個「踵事增華」的過程，故「前人啟之，而後者承之而益之；前者創之，而後者因之而廣大之」。葉燮區分「風雅正變」與「詩體正變」，並說明兩種正變觀的分別標準不同，一繫乎時，一繫乎詩，不以同一「正變」標準區分詩經與後世之詩的或正或變。換言之也就是不標舉《詩三百》為正，後代詩為變，可避免明前後七子標正格，把詩經當作不變的典範。

就詩歌發展來說，「變」有二種，一是就詩之源而言，時變而詩因之。二是就詩之流而言，以詩言時，詩的體格、聲調、命意、措辭、新故升降之不同，詩遞變而時隨之，就詩之本（理事情三者）而言有合有離，故詩也有盛有衰。而所謂「變」，有小、大變之分。在共同時代中能自成一家者是小變；能自成一家且轉變潮流者是大變。能夠流行一時，造成風氣的文體，都是漸變而非突變的，前有所承，後有所啟。

四、葉燮詩論的侷限：《原詩》的理論主張，在當時江南，特別是蘇州一帶，影響頗大，但並未引起當時詩壇的重視，可能原因為：葉燮罷官之後，隱居山林，少與達官顯宦、文人士子交往，對於一位落魄江湖書生的言論，自然不受重視。《原詩》一書，不僅針砭古人，而且對當時在文壇上頗負盛名的錢謙益、汪琬等人，都有所批評。文壇領袖均有門徒弟子擁護鞏固，自然不易推翻。益以當時學術界以考據為顯學，詩文一道只是雕蟲小技。其次葉燮主張「詩以載道」，雖非復古、擬古，也顯現了其思想中較為保守的一面。再者，葉燮詩作時人稱其「詩文鎔鑄古昔，而自成一家之言」。然綜觀其詩集，詩作與詩論之間，仍有理論與實際上之差距。

目次

第一章　緒　論

第一節　研究動機與目的

「正變」之說，首見於〈詩大序〉及〈詩譜序〉，其所反映的是文學與時代、政治興衰隆污之間的關係。詩之正經，所反映的當然是太平盛世；反之，變風變雅所譏諷的便是「王道衰、禮義廢、政教失、國異政、家殊俗」的現象了。文學可以反映時代，但是文學本身的盛衰卻不與政治盛衰同一規律。故到了宋朝，便有王質、程大昌等，力攻詩序之說，認爲正變之說不可信。另一派仍然採用正變說者，如朱熹、王應麟等，也改弦易轍，以作者或篇章分正變。戴埴則謂正變不是政治興衰的不同，而是樂音上的差異。這些都是不涉及世風治亂與作品主題的正變說。其後正變說亦有純粹從體制風格方面立論者，如北宋陳師道：「記必以記事爲正體，雜議論爲變體，然亦有變而不失其正者」〔註1〕。明高棅自謂選詩時「校其體裁，分體從類，隨類定其品目，因目別其上下，始終正變，各立序論」〔註2〕，又道各體之

〔註 1〕見陳師道所撰《后山集》，台北：臺灣商務印書館，民國 57 年。

〔註 2〕見明高棅《唐詩品彙》，上海：古籍出版社，1982 年。《唐詩品彙》一百卷。上承嚴羽《滄浪詩話》之說，將唐詩分爲初盛中晚四期。主張「觀詩以求其人，因人以知其時，因時以辨其文章之高下，詞氣之盛衰，本乎始以達其終，審其變而歸於正。」

詩，莫不興於始、成於中、流於變、而陊之於終。正變說在此顯然只就文學的發展流變立說了。

「變」的觀念及規範，也帶來了一些較爲特殊的現象，就是即使文學作品要創新，也要冠以「復古」的頭銜。如唐代韓愈、柳宗元和明前後七子的復古運動，不論是載道或明道，以復古爲通變之一環，〈詩大序〉中「國史明乎得失之跡、傷人倫之廢、哀刑政之苛，吟詠情性以風其上，達於事變而懷其舊俗者也」之說，終究還是佔有一定的地位。本文欲探討的是「正變」這個文學觀念，從最初與時代政治的關係，過渡到專就文學本身的發展立論，其理論之內容與此專有名詞本身觀念的變遷。

清代詩論有三個特點，其一爲「論述明確清晰」，凡前人觀點清人再有論述者，均較前人周詳，邏輯清楚、論證充份、語意明確，使人一目了然。其二爲「理論系統完整」，清代詩論家喜歡從自己的詩學宗旨出發，把前人與己相同之處綜合起來。無論是神韻說、格調說、肌理說或性靈說，都不始於清人，卻都是在清人手中發展成熟。其三爲「以儒家思想爲中心」，除了政治因素的影響，清代詩論是以儒家思想爲中心，進而融合其他思想。

清代詩論與前代主要差別不在於觀點，而在於論述。因爲多數的觀點，前人均已提出過，清代詩學的成績，不在於創新觀點，而是總結過去。葉燮亦然。其「源流本末、正變盛衰」的詩觀並不是新創之辭，但他卻賦予新的解釋與融合。本論文研究目的即在於欲以葉燮詩論中的「正變」爲主軸的觀點，輔以其創作原理及批評論點，諸如詩有源必有流，有本必達末，藉以糾正明七子以降的擬古風氣；同時又能在演變中看出有不變者存，故此要「因流而溯源，循末以返本」。從其論詩之本：理、事、情三者來概括被表現的客觀事物，以及詩人之本：才、膽、識、力四者來說明詩人主觀活動。置葉燮於明末清初的時空座標、文學譜系中加以評斷，與縱向的歷史傳承，橫向同時期的詩論相互比較，藉此探求葉燮之所以能「創闢其識，綜貫成一家言」的原因。

第二節 研究材料與方法

除了《原詩》之外，葉燮另撰有《已畦文集》、《已畦詩集》等著作〔註3〕。本論文之研究材料可分成兩大部份：一是縱向思考，以《原詩》爲主，以其詩集、文集爲輔，並參酌歷來對其文論、詩歌及散文之評價，直接就原典分析論述；另一爲橫向思維，針對本論文所提出葉燮之「正變」觀點，溯及《易傳》、《詩大序》及《文心雕龍》對於正變、通變及復變觀念的看法。希望能從繼承與創新之中，釐清正變觀念的演化，進一步與葉燮詩學觀點作一結合。

關於研究葉燮詩文及其文學理論的專書有丁師履譔《葉燮的人格與風格》，蔣凡《葉燮與原詩》。學位論文則有陳惠豐《葉燮詩論研究》、江裕斌《葉燮原詩研究》、王愛仙《葉燮原詩研究》、馮曼倫《葉燮原詩研究》、潘漢光《葉燮詩論鉤沈》、王策宇《原詩析論》〔註4〕、廖宏昌《葉燮之文學研究》等。或作全面性的疏解詮釋；或提舉其中某一觀點分析，各有其立論的特色。在正式討論之前，首先要澄清「史」的含義，「史」可以指特定時空中發生的種種事件，也可以指這些事件的紀錄，還可以指紀錄這些事件的人。同樣的，縮小史的範圍至文學部份，「文學史」可以指文學家和文學作品的興趣發生，也可以指這些事件的記錄。進一步論「文學史觀」，它可以指文學本身發生與發展的觀念，也可以指對於文學史這種記錄或著作的看法。本論文採用文學史觀作爲研究進路，著重在思想史與文學史中「正變」觀念的相承相繼；研究方法是以原創性的思想觀點爲基礎，欲從葉燮作品裡以「正變」爲主軸的詩學理論，進而探究其詩論演變的方向、不變的原理原則、促成演變的原因、演變的規律與終極目標

〔註3〕詳見第二章第三節〈葉燮其人與原詩〉中之「治學精神與著述」一項。

〔註4〕詳見參考資料中之學位論文。

等問題。

本論文共分爲八章，首章緒論說明本論文撰寫之動機目的、資料之運用與研究方法；第二章，就清初政治、文化、學術環境，與葉燮生平、治學、著述作一背景介紹；第三章，論述中國詩學理論中「正變」觀念的演進，以及與「通變」觀念的分合情形。第四章，論述葉燮詩學中以「理事情」三者爲主之原理論；第五章，論述葉燮詩學之中以「才膽識力」、「胸襟」爲主之創作論；第六章，論述葉燮詩學重「變」之批評論；第七章，援引歷來對其詩論之評價，參照前數章之剖析，以見其詩學成就、侷限及影響；第八章，結論，就其人品與詩論，總結二至七章。

第三節　本文常用術語

一、正　變

「正變」說見於〈詩大序〉:「至於王道衰，禮義廢，政教失，國異政，家殊俗，而變風變雅作矣。」及鄭玄〈詩譜序〉:「及成王、周公致太平，制禮作樂，而有頌聲興焉，盛之至也。本之由風雅而來，故皆錄之，謂之詩之正經。……故孔子錄懿王、夷王時詩訖於陳靈公淫亂之事，謂之變風變雅。」基本上屬於文學史的觀念，因此它所關切的是文學與時代的關係。

「正變」論是葉燮詩學的核心，在論歷代詩歌之變時云：

> 蓋自有天地以來，古今世運氣數，遞變遷以相禪。古云:「天道十年而一變。」此理也，亦勢也，無事無物不然；寧獨詩之一道，膠固而不變乎？

他主張詩歌是不斷成熟、發展、變化的。他又將詩歌的發展變化歸納爲二類，其一是「時有變而詩因之」，此乃承襲風雅之詩因時代隆污而有正有變之說；其二是「詩遞變而時隨之」，此乃著重於詩歌本身的發展立論。所謂「正」，就是詩的正統、正宗；所謂「變」，就是詩歌的發展流變、因革沿創。不論時局如何變化，詩歌本身只要不失正，即是有盛無衰。

二、原　詩

作者葉燮（1627～1703 年），清康熙年間之文學理論家，字星期，號已畦，吳江（今屬江蘇）人。康熙九年（1670 年）進士，十四年（1675 年）任寶應知縣，因「伉直不附上官意」，一年即罷官，此後決意仕途。曾縱遊海內名山大川，寓佛寺中誦經著述，晚年寓居橫山，設席講學，人稱橫山先生。

《原詩》四卷，書成於康熙二十五年（1685 年），有二棄草堂本，夢篆樓本，丁福保輯入《清詩話》中，今之通行本尚有人民文學出版社於 1979 年所編印之霍松林校注本。《原詩》分內外篇，每篇各分上下兩卷。內篇爲詩歌理論，上卷論源流正變，即詩之發展；下卷論法度能事，提出以在我之四才膽識力反映在物之三理事情。外篇爲詩歌評論，主要論工拙美醜。全書有系統的闡發了詩歌本原發展、源流本末、繼承創新、創作規律、藝術思維、批評以及詩人修養等系列問題，是一部具系統性與創造性的詩學著作。

三、詩　話

廣義的詩話包含筆記小說等著作中談詩之語；狹義的詩話則專指以詩爲研究對象的隨筆專著。《四庫全書》列在詩文評類，稱其體兼說部。它的來源爲先秦以來的詩文評論，以及魏晉之筆記小說。體制多爲分條排列，隨筆記述，故缺乏系統性。內容開始時限於紀事，隨意而述以資閒談；而後逐步擴展，包含論詩宗旨、流派淵源、評論作家作品、佳句摘錄、詩法漫談、考訂訛誤等等。現存第一部正式以詩話命名的是北宋歐陽修《六一詩話》。

四、風雅正變

風雅正變說源自於《詩大序》：「至於王道衰、禮義廢、政教失、國異政、家殊俗，而變風變雅作矣。」因周王朝後期政教衰亂，風雅之詩因此而有變風變雅，此乃以時代政治的興衰隆污，決定作品的內容。王道昌盛，所產生的作品是正，反之則變。以正變言詩，可以拓寬詩歌創作的領域，因爲有「變」，即容許了詩可以諷諫刺怨，突破「美盛德之形容」的格局。

五、詩體正變

魏晉南朝時文學漸漸獨立，開始由詩歌反應政治興衰等正變問題，轉而研究文學本身的「變化」。當時就文學自身的發展已經偏向純文學的思考；一般而言可分爲三種看法：一是裴子野〈雕蟲論〉〔註5〕及摯虞〈文章流別論〉的「崇古」之說；二是葛洪《抱朴子·鈞世篇》〔註6〕及蕭統〈文選序〉〔註7〕中「趨新」的觀點；三爲劉勰的「通變」史觀。兩漢及兩漢前的「正變」觀，偏向文學內容與政治社會關係的融合；後來發展成爲南朝的「通變」觀，偏向文學形式和文學本質的理解。南朝之後，唐、宋、元、明便在這兩大基礎上繼續發展。

六、文學史觀

「文學史觀」的含義有二：一是指對於文學本身的發生和發展的觀念；一是指對於文學史這類紀錄或著作的看法。本文所採用的是第一種意義的文學史觀，主要探討的內容爲「文學（詩學）是如何發生及演變的」。沒有發生，當然不會有演變，不會有歷史可言。但發生

〔註5〕裴子野針對六朝藻飾之風，以爲古代「四始六藝，總而爲詩，既形四方之風，且彰君子之志，勸美懲惡，王化本焉」；而當代則是「遂聲逐影之儔，棄指歸而無執」、「無被於管絃，非止乎禮義」。

〔註6〕葛洪〈鈞世篇〉中云：「尚書者，政事之集也，然未若近代之優文詔策軍書奏議之清富贍麗也。毛詩者，華采之辭也，然不及上林、羽獵、二京、三都之汪濊博富也。」

〔註7〕蕭統在〈文選序〉中說：「若夫椎輪爲大輅之始，大輅寧有椎輪之質？增冰爲積水所成，積水曾爲增冰之凜，何哉？蓋踵其事而增華，變其本而加厲；物既有之，文亦宜然。」

之後，若一成不變，也不會有歷史可言。因此，對歷史來說，演變的本質比發生更重要，雖然發生在存在上是比較優先的。葉燮《原詩》一再強調「正變」的觀念，可見他的文學史觀是以「正變」爲詩的發展核心。而這種文學史觀又會與其創作論和批評論結合在一起，形成其理論系統中不可分割的部份。

第二章　葉燮所處之時代背景

清代詩話的作者，以江浙一帶爲多，這當然與江浙地區書業發達〔註1〕、學風鼎盛有關。江浙地區向來爲中國的魚米之鄉，風俗醇美，物力豐足，衣食富足後自然而然有餘力重視教育，提倡文風。梁啓超在〈近代學風之理地的分佈〉一文中有云：

大江下游南北岸及夾浙水之東西，實近代人文淵藪，無論何派之學術藝術，殆皆以茲域爲光焰發射之中樞焉。

這些區域之中，又以江蘇的蘇、常、松、太和浙西的杭嘉湖一帶詩學最盛，詩話作者也最多。葉燮故居原爲浙江嘉興，晚年定居江蘇吳江橫山，均屬當時人文薈萃之地，也受到文風沾溉與影響。

其次論詩話寫作的動機與態度，林峻在《樵隱詩話》〔註2〕序言中說：

自有詩話作，以一家而匯千百家之言，置一編而知千百人之事，佳句流傳，雖其全集湮沒，而其姓字已不朽矣。不

〔註 1〕袁同禮著之《清代私家藏書概略》中云：「清代私家藏書，除二三家外，恆再傳而散佚，然輾轉不出江南境外者幾二百年。」又洪有豐所著《清代藏書家考》亦云：「清代江浙二省，有千頃、天一、……汲古、絳雲等開其端，惟藏書之風，尤冠他處，亦一時風會所趨也。」可見江浙一帶藏書之風興盛。

〔註 2〕林峻《樵隱詩話》十三卷，光緒鴻文堂承印本。

見夫古今選集乎？雖以李杜之絕詣，其全集不能家有也，有合選合解等書出，而村野三尺之童，亦得誦之，此詩話之有功於詩也多矣。慨自古道日漓，而爲是書者率以射制爲事，不計其詩之工拙，惟問其人之貧富，……是有力者可傳，無力者向隅，又烏用其爲此哉！

由此可見，「發潛闡幽」與「徇人情以射利」是文人撰寫詩話的二種不同動機。關於前者，尚有沈德潛所云：「予與同人遠近徵求，志其生平，聊存發潛闡幽之意」〔註 3〕，袁潔也有：「張伯良敦促余爲詩話，又寄書規余曰：『君爲詩話，宜少采顯貴之詩，多采幽潛之詩，至於辨詩之體，論詩之法，溯詩之派別源流，前人言之綦詳，……余深服其說，故只輯近人，不論古人。』」〔註 4〕因爲只輯近人詩作，尤其故舊友朋，在發潛闡幽之餘，難免會有互相標榜和徇私之處，故也涉及射利一事。袁枚在《隨園詩話》中有一段說明：「選家選近人之詩，有七病焉，其借此射利、通聲氣者無論矣。徇一己之交情，聽他人之求情，七病也。末一條，予作詩話，亦不能免。」可見相互標榜與射利之習，往往無可避免。其所以選錄公卿貴爵之作，一則可使作品較易引人注意而流傳廣遠，一則可藉以表示己之交遊廣闊，並可藉此以提高自己的學術地位。

除上述原因，清初詩話的編選還與科舉、授徒有關。「學而優則仕」是中國數千年來讀書人的目標，清初士子仍不免以科名爲念。故一些供消遣談資的詩話，也就藉著科舉之名行射利之實。至於授徒，可分爲二類，一是立模範、陳格律爲主，一是述源流、評古今，以闡述詩學理論爲主。葉燮《原詩》即是以後者爲主，前者爲輔。

〔註 3〕見沈德潛《清詩別裁》凡例中語，《沈歸愚詩文全集》，乾隆間刊本，台北：臺灣商務印書館。

〔註 4〕見袁潔《蠡莊詩話》卷一。

第一節　政治環境與文化政策

一、清初二朝〔註5〕的政治環境

崇禎十七年（清順治元年，1644 年）三月，李自成帥軍攻佔北京，明朝易主。四月二十二日，清軍入關。五月初二，多爾袞乘輦由朝陽門入北京城，至武英殿，接受眾官朝賀，正式宣佈清王朝定都燕京。同年五月十五日，明福王朱由崧即帝位於南京，建立弘光政權，史稱南明。此一歷史巨變，在南北官紳士子中產生了不同的回響。北方，由於李自成的大順政權「以割貧濟富之說，明示通衢」〔註6〕，但實際上卻是「刑辱縉紳，拷掠財貨」〔註7〕，因而北方的官紳士子時人對於清軍入關甚是感激涕零。多爾袞入北京時，故明文武官員，出迎五里外，匍匐於新朝統治，唯恐不及。但是南方的表現卻截然不同。南明福王的弘光政權，給深懷亡國之痛的漢族士大夫帶來無限的希望〔註8〕。可惜弘光政權把持在阮大鋮、馬士英等人手中，福王又是無作爲的皇帝，順治二年五月（1645 年）滿清麾軍南下，弘光政權旋即覆亡，天下皆歸清朝所有。

同年六月，攝政王多爾袞頒佈剃髮易服令，並以此作爲順逆的標誌。此法令一頒佈，形勢遽變。在「留頭不留髮，留髮不留頭」的嚴令之下，民族感情頓時受創，尤其江南士子以「頭可斷，髮不可剃」誓言奮起抗清。不少漢族士大夫感受到神州已沈，無力回天，故以遺民自許，而有「故君曰逝，故友已亡，吾將安歸，敬附首陽」〔註9〕

〔註 5〕這裡所說的清初，指的是順治、康熙二朝近八十年的歷史。若以學術發展演變來看，清初應指晚明二十年及順、康、雍三朝。

〔註 6〕見查繼佐《罪惟錄》一〇二卷，台北：臺灣商務印書館，民國 65 年。

〔註 7〕同註 6。

〔註 8〕陳鼎《留溪外傳》卷六〈王螺山傳〉中記載：「思陵（崇禎帝）哀崩詔下，螺山哀號不食累日，求死。……既而福王立南都，螺山大喜，夙興夜寐，勵精擾宇以應之。」其心情、思緒的前後起伏，反映出當時南方士大夫、官紳傾心於故朝，又寄厚望於南明的心情。

〔註 9〕見《夏完淳集》附編二之〈絕命詞〉。

之深沈慨嘆。其次「夷夏之大防」也是清初漢族知識份子不肯承認漢人統治的原因之一。尤其對明朝懷有眷戀之心的遺民，尚無法忘卻朱元璋的討元檄文：「中國者，中國人之中國也，胡人焉得而治理之？」因爲有夷狄代華夏的觀念根深蒂固，所以抱持終身不與之合作的態度，終身不事二姓的決心，或遁隱、或逃禪、或佯狂、或著述等等。以各種方式表達對清廷的不滿與對故國的哀思。

由悲憤轉爲避世是多數遺民的選擇。有的歸隱山林，有的閉門獨處。如順治十年（1653 年）清朝在湖南下令剃髮，王夫之即改換衣裳，變姓名爲瑤人「竄身瑤峒，聲影不出林莽，遂得完髮以歿身」。一直到死，仍自題其墓碣爲「明遺臣王某之墓」。江蘇常州人徐枋謹守其父爲國殉難時遺言：「長爲農夫以歿世」，自從弘光滅亡，即「足不入城市，初避地汾湖，已遷蘆區，遷金墅，往來靈岩、支硎間，終于澗上草堂」。其與宣城沈壽民、嘉興巢鳴盛，稱爲海內三遺民。日子雖然艱苦，卻甘之如飴。即使隱居在家中的遺民，也都是以伯夷、叔齊之志自我勉勵，身居鬧市，亦以獨處爲潔身，以謝世保全節。

其次逃禪爲僧也是遺民的選擇。當時剃髮令的嚴酷，迫使僧道之外已無不改裝者，所以有「世上威儀都改盡，看來不改是僧家」〔註 10〕之說。明季遺民多僧人，雖有欲托佛祖而摒世超然，其實主要用意在藉此以蓄髮，表明心意。如陳去病所著之《明遺民錄》自序中所載：

> 一旦衣冠更制，髮膚慘刑，其所以拂郁人心，鑠傷志氣者，彌益切至。夫是故有出家披髮，服僧袈衣以終身者。

丹徒人錢邦芑於順治末年出家，歷佛門二十餘年，且享有高僧的名譽，但他卻一直以「大錯和尚」、「知非居士」自名。臨終彌留之際，尚且囑咐其徒曰：「我明臣也，愼無以僧禮葬我，可以福巾方袍裹屍

〔註 10〕見吳中番〈羨僧〉。轉引自王思治、劉鳳雲〈論清初遺民反清態度的轉變〉，《中國古代史》第一期，1989 年。

入土，目乃瞑」〔註11〕。

尚有佯狂瘋癲以終身者，如昆山名士歸莊。清軍南下時，歸氏一門多死難，歸莊於抗清失敗後流亡於江湖間，待事緩後回鄉里，築茅屋於先人墓側，佯狂終身。自題草堂一聯曰：「兩口寄安樂之窩，妻太聰明，夫太怪；四鄰接幽冥之宅，人何寥落，鬼何多」。亦作有詩訴其衷情道：「六旬苦塊痛無聲，今藉詩篇曲訴情；三十三年恩似海，一思一淚一哀鳴。」表現出他對故國山河淪亡深切的悲痛。其好友顧炎武曾作〈哭歸高士〉四首，其中一首便云：

峻節冠吾儕，危言警世俗。常爲扣角歌，不作窮圖哭。生耽一壺酒，殁無半間屋。惟存孤竹心，庶比黔婁躅。

不僅反映出歸莊的生平，也是清初不少遺民的生活寫照。

再者以「著書立說」表達遭逢國家淪亡的苦痛，也是不少遺民立身的方式。如呂留良在落髮爲僧之後，曾寄言於友人曰：「浮生無幾，已削頂爲僧，從此木葉蔽影，得苟延數年，完一兩本無用之書，願望足矣。」實際上詩文言志，明季遺逸身雖隱而心未隱，至事不可爲而發憤著書，欲託文以明志。有的寄託亡國幽思，一吐胸中塊壘；有的藉此改朝換代之歷史巨變，潛心於筆墨之中。如顧炎武所著《天下郡國利病書》，畢其一生精力；《日知錄》的寫作目的爲「意在撥亂滌污，法古用夏，啓多聞於來學，待一治於後王。」其平生之志與業皆在其中。

綜上所述，清朝要建立起穩固的政權，除了武力之外，還必須打破士大夫們「夷夏之辨」的防嫌，使之心悅誠服。故當務之急首在收攬人心，徵召賢才。在順治元年（1644 年），清廷頒佈薦舉賢才的詔令，而其著眼點在於網羅漢族碩彥名儒爲朝廷效力，「收攬人心」一事尚未受到重視。故重滿輕滿，凌辱歧視漢人官員的情況層出不窮。甚至還有所謂「科場案」、「奏銷案」〔註12〕等大獄。光是蘇州、常州、

〔註11〕見《皇朝遺民傳》卷一之〈錢邦芑傳〉。
〔註12〕「奏銷案」發生在四大臣輔政時期。因順治年間各省錢糧拖欠嚴重，

鎮江、松江四府因「奏銷案」被黜革的紳衿就有一萬三仟五百多人。諸如吳偉業、徐乾學、徐元文兄弟、汪琬等江南仕紳都首當其衝，遭受折辱。

自康熙親政之後，局面才逐漸有所改善。一方面是時間漸遠，一方面是康熙強調「滿漢一體，無分彼此」。尊儒與提倡理學並行，以此作爲統治的綱常。康熙曾詔命百官舉薦隱逸碩儒，地方官員也往往親自訪見。據記載，康熙十二年（1673 年）陝西總督鄂善會同巡撫阿庶熙共同薦舉李顒，李顒八次上書以疾力辭，康熙十三年（1674 年）再一次徵詔，並差遣官員多次前往敦促〔註 13〕，可見其舉薦賢才不遺餘力。

而清朝政權更加穩固的關鍵是在康熙平定三藩之亂以後，「三桂背恩倡亂，荼毒生靈，……皆朕德之薄，不能綏撫之故也」〔註 14〕。因此在平亂之後，便開始調整統治政策。如康熙十七年（1678 年）正月，下令開「博學鴻詞科」，他頒諭吏部曰：

> 自古……代之興，必有博學鴻儒振興文壇，闡發經史，潤色詞章，以備顧問著作之選。……我朝定鼎以來，崇儒重道，培養人才。四海之廣，豈無奇才碩彥，學問淵通，文藻瑰麗，可以追蹤前哲者？

在此一公告發出後，聖祖接著責成內外官員，「凡有學行兼優，文章卓越之人，不論已仕未仕，令在京三品以上，及科道官員，在外督撫

清廷便命吏、户二部加緊督催錢糧，將歷年積欠限期勒令完解。新令一下，各省官吏展開追討。江南賦役百倍他省，尤以蘇松常鎮四府爲最，積欠達數十萬。順治十八年（1661 年）六月，江寧巡撫朱國治剛愎自用，將四府並溧陽一縣未完錢糧的文武紳衿 13517 名及衙役 254 名，分別造冊申報朝廷，號曰「抗糧」。清廷降旨懲處，將一萬餘衿盡行褫革，其中情節重大者，全都披枷帶鎖，押解京師。後因楊廷鑒等人斡旋，行至常州，始得中途獲釋。葉方靄爲順治十六年一甲第三名進士及第（俗稱探花），僅欠一釐錢，也被革去功名，因而有「探花不值一文錢」之謠。

〔註 13〕見《清代人物傳稿》第一卷〈李顒傳〉。

〔註 14〕見《聖祖御制文集》第一集，卷三十三。

布按，各舉所知，朕將親試錄。」〔註15〕翌年三月，共雲集了名儒碩彥一百四十三人，賜宴之後，均入體仁閣就試〔註16〕。所薦舉之人，未仕多於已仕，且未仕之中又以遺民居多，如黃宗羲、顧炎武、李顒、傅山、李因篤、朱彝尊等均列其中。但顧炎武、黃宗羲以死抗拒，不與試，康熙並無怪罪之意；杜越、傅山被強令舁京，仍然不肯執筆，康熙反以其年高授予中書舍人。放榜後，一、二等共錄取五十人，分別授以翰林、編修、檢討等職務，並命入史館纂修《明史》〔註17〕。諸種措施反映出康熙一反順治朝以嚴刑懲治遺民的反滿情懷，採取懷柔政策，以制科網羅遺民賢儒，期望獲得士民的擁戴，為清朝效力。康熙十七年所開的博學鴻詞科，正是清朝統治中國發展過程中一個重要的轉折。

二、清初的文化政策

順治一朝，兵馬倥偬，百廢待舉，諸多政策基本上還是沿襲明代。康熙初年，南明殘餘勢力掃蕩殆盡後，清朝的統治漸趨穩固，加上經濟發展穩定，文化建設方面也相對有所突破與進展。清初的文化政策，可分成恢復科舉制度、崇儒重道的基本政策、編纂圖書、表彰理學，推崇朱熹四方面加以論述：

（一）恢復科舉制度

科舉取士自隋唐以來，歷代相沿。明朝末年，戰亂頻仍，科舉考

〔註15〕見《清聖祖實錄》卷七十一。

〔註16〕康熙十八年三月初一，清廷以〈璿璣玉衡賦〉和〈省耕詩五言排律二十韻〉為題，集應薦一百四十三人於體仁閣應試。放榜後錄取一等二十人，二等三十人，均入翰林院供職。

〔註17〕康熙十八年（1679年），清廷詔《明史》開館。以遺賢修明史，述故國之事。監修總裁葉方藹、徐元文以黃宗羲熟知明朝史事掌故，力薦其人入館，當時黃宗羲以母病年老辭謝。葉方藹又奏請以黃宗羲之著述佐修《明史》。康熙即諭令：「凡黃宗羲有所論著及所見聞，有資明史者，著該地方官抄錄來京，宣付史館。」對遺老之重視可見一斑。

試已無無法正常舉行。順治元年（1644 年）清廷入主中原，十月，世祖頒令仍沿襲前朝舊制，科舉取士制度從而保留下來。順治二年（1645 年）五月，南明政權覆亡，世祖聽從科臣龔鼎孳、學臣高去奢之請，命南京的鄉試於同年十月舉行，同時推及浙江〔註 18〕。翌年二月，首屆會試在北京舉行，經三月殿試，傅以漸成爲清史上的第一位狀元。

與此同時，清朝修復明北監爲太學，廣收生徒。又改明南監爲江寧府學，接著各省府、州、縣學，也隨著清廷統治的地區擴展而逐漸恢復。除此之外，各地書院亦陸續重建，成爲作育人才的重要場所。

明代取士，科舉試以制義。清代沿襲並藉以牢籠士子、拔擢才智。自康熙二年（1663 年）起，清廷一度專試策論，廢除八股文。後因禮部侍郎黃機之諫，七年（1668 年）改回原制。自此以八股文取士，遂成一代定制。

（二）崇儒重道的基本政策

清初歷經了多爾袞攝政時期的干戈擾攘，順治八年（1651 年），世祖親政之後，文化建設等重要課題又重新提出。在《清世祖實錄》中明確記載著世祖爲文教建設的恢復提出「崇儒重道」的基本國策。如順治九年（1652 年）舉行「臨雍釋奠」的典禮，世祖親勉太學生篤守聖人之道。十二年（1655 年）再諭禮部曰：「帝王敷治，文教是先，臣子致君，經述爲本。……今天下漸定，朕將興文教，崇經術，以開太平。」〔註 19〕兩年後（順治十四年，1657 年），清朝舉行第一次的經筵盛典，並以初開日講祭告孔子于弘德殿。雖然此時南方的戰火尚未平息，但崇儒重道的基本國策已經確立。

聖祖即位後，曾經出現短暫的「反樸舊制」〔註 20〕，抵制漸習

〔註 18〕順治二年（1645 年）七月，浙江總督張仁存疏請「速遣提學，開科取士」，藉以消弭士大夫們從逆之念。

〔註 19〕見《清世祖實錄》卷九十一，順治十二年三月壬子條。

〔註 20〕順治十八年（1661 年），世祖駕崩，第三子玄燁嗣位，時年僅八歲。

漢俗的政策。直至康熙八年（1679 年）清除了以鰲拜爲首的舊勢力後，又重新振興文教。諸如親臨太學釋奠孔子，恢復翰林院等。其中又以「聖諭十六條」的頒佈最爲重要，表明了要「重農桑以足衣食，尚節儉以惜財用，隆學校以端士習，黜異端以崇正學，講法律以儆頑愚，明禮讓以厚風俗，務本業以定民志」。康熙九年（1670 年）日講重開，接著又舉行經筵大典，此後每年春秋兩次的經筵講學，遂成定制。十七年（1678 年）詔舉博學鴻儒，共錄取五十人入翰林院供職，朝廷與知識份子合作，使得「崇儒重道」的政策具體化，成爲清代治國的文教基本準則。

（三）編纂圖書

明代，除了印刷技術發展，加上書籍可以私刻，且刻工廉價，故刻書風氣一時大盛。根據葉德輝《書林叢話》記載，明末我國已有顏色套印書，像《古詩歸》、《唐詩歸》等書，即用三色套印。又江蘇南部與福建建陽一帶，已經流行銅字活字印刷了。滿清入主中國，印刷業持續進展，刻書風氣更爲盛行。北京、南京、蘇州、徽州、杭州等江浙一帶，都成爲印刷業的中心。私人刻書的也很多，如清初常熟的毛晉，就以「汲古閣」藏書聞名於一時。

據近人的說法，清代學術幾爲江浙皖三省所佔〔註 21〕。以刻書及藏書的風氣而言正是如此。因爲江浙一帶自古即爲魚米之鄉，「風俗之美，物力之豐，家有中人產以上，輒亹然向學，子弟之才美可造者，必延名師而教之」〔註22〕，由此亦可以知道清代詩學作者爲何以

以大臣索尼、蘇克薩哈、遏必隆、鰲拜輔政。四大輔臣對於多爾袞執政時期以及順治親政以後信任漢官、加速漢化表示不滿。順治過世後，他們在孝莊文皇后的主持之下，以順治遺詔自責形式，取消了許多入關後借鑒漢族統治的制度和政策。

〔註21〕見陳鐵凡所著〈清代學者地理分佈概述〉，《東海大學圖書館學報》第八期。

〔註22〕見李兆洛所著《養一齋文集》之〈小湖詩鈔序〉。轉引自吳宏一所著《清代詩學初探》，台北：台灣學生書局，1986 年元月修訂再版，頁 25。

江浙一帶特別多的緣故。

明代印刷術進步與藏書、刻書風氣盛行，相對的也帶動清初的文化政策。世祖自定鼎始，即延續歷代爲前朝修史的成例，在順治二年（1645 年）三月開始編纂《明史》。於順治十二年（1655 年），將《資政要覽》、《範行恆言》、《勸善要言》、《人臣儆心錄》等書頒發異姓公以下、文官三品以上各一部。十四年（1657 年）責成各省學臣購求遺書。後雖因世祖駕崩，《明史》、《孝經衍義》等書尚未完成，但編纂書籍、網羅群書之風氣已開。

聖祖康熙即位後，經學方面有《日講四書解義》、《易經解義》、《書經解義》、《孝經解義》的先後撰成。史學方面則是康熙十八年（1679 年）重開明史館，博學鴻儒科錄取人員悉數入館預修《明史》。陸續還纂修有《三朝實錄》、《太祖太宗聖訓》、《大清會典》、《平定三逆方略》等書籍。康熙二十三年（1684 年）之後，一批學術價值極高的官修叢書問世，計有《佩文韻府》、《淵鑒類函》、《全唐詩》、《周易折衷》、《性理精義》、《朱子全書》及《古今圖書集成》（雍正年間寫定）等等。

（四）表彰理學，推崇朱熹

康熙提倡理學，素有「理學皇帝」之稱。崇儒重道的政策既定，對於加強滿、漢之間的融合有重大突破，尤其康熙熟讀儒家經典，欲於「典謨訓誥之中，體會古帝王孜孜求治之意」。對明末清初學術界辨別的理學眞僞，強調以「務實」爲主。他說：

> 明理最是緊要，朕平日讀書窮理，總是要講求治道，見諸措施。故明理之後，又須實行。不行，徒空說耳。〔註 23〕

這段自述，道出了聖祖儒學思想的基本傾向，即爲學務在明理，明理務在實行。其思想逐漸深化，則是與翰林學士辯「心即理」抑或「性即理」的過程中展開。如康熙十八年（1679 年）與翰林院學士崔蔚

〔註 23〕見《清聖祖實錄》，台北：台銀經研室編，民國 46～50 年。《臺灣文獻叢刊》第一六五種。

林就格物、誠意等範疇進行對答。崔氏立論基礎是王學，主張「格物是格『物』之本，乃窮吾心之理也。」對朱學提出質疑，以爲「朱子解作天下之事物，未免太泛。」對於「誠意」，崔氏主張「朱子以意爲心之所發，有善有惡。臣以意爲心之大神明，大主宰，至善無惡。」聖祖對此批駁道：「天命謂性，性即是理。人性本善，但意是心之所發，有善有惡，若不用存誠功夫，豈能一蹴而至。行遠自邇，登高自卑，學問原無躐等，蔚林所言太易。」後來在論崔蔚林官職升遷時，康熙頗有微詞，甚而崔氏告病回鄉時，還被斥爲「直隸極惡之人」、「彼之引疾乃是託詞」。在懲治崔氏的過程中，康熙發表了關於理學眞僞的論述：

> 日用常行，無非此理。自有理學名目，彼此辨論，朕見言行不相符者甚多。終日講理學，而所行之事全與其言悖謬，豈可謂之理學？若口雖不講，而行事皆與道理吻合，此即眞理學也。〔註24〕

是故康熙四十年之後，清廷以「御纂」的名義，下令彙編朱熹論學精義爲《朱子全書》，並委託理學名臣熊賜履、李光地等先後主持修纂事宜。他說：

> 宋儒諸子，注釋群經，闡發道理，凡所著及編纂之書，皆明白精確，歸於大宗至正，今經五百餘年，學者無敢疵議。朕以爲孔孟之後，有裨斯文者，朱子之功，最爲宏鉅。〔註25〕

書成之後隨即頒諭將朱熹從祀孔廟的地位升格，由東廡先賢之列移至大成殿四配十哲之次，成爲第十一哲。又規定科舉考試以朱熹注釋的《五經》、《四書》爲完卷標準。直到晚年，康熙更是無以復加推崇朱熹，表彰朱學，對自己以儒學治國的經驗，聖祖自述所依據的是朱熹「居敬窮理」之教，他說：「朕自幼喜讀《性理》，《性理》一書，千言萬語，不外一「敬」字。人君治天下，但能居敬，終身行之足矣。」

〔註24〕見《清聖祖實錄》卷一一二，康熙二十二年十月辛丑條。
〔註25〕語見王先謙《東華錄》，康熙五十一年二月。

〔註 26〕可見一斑。

第二節 學術思潮與前人詩論的影響

一、儒學發展的內在理路

漢儒解經，唐儒解注，多偏重在先哲經傳的訓詁考據，以「道問學」爲主，稱之爲漢學。宋儒治學，則多偏重在身心性理的存養體驗，以「尊德性」爲主，稱之爲理學。理學興起於北宋，周敦頤出而奠定基礎，後經邵雍、張載、程顥、程頤等人的推闡而日益光大。及南宋，朱熹集理學之大成。同時陸九淵主「心即理」之說，另立門戶。自南宋至明初，朱子之學籠罩，然而自陳獻章、王守仁相繼捨朱宗陸，風氣爲之一變。益以當時八股取士，士人不講實學，學者治學主張反求諸身，捨棄外物。故心學一派日趨興盛，到了王畿、王艮之後，多束書不觀而空談心性，日趨愈下，王學末流實爲導致明亡的因素之一。清初學者有鑑於亡國之痛，對晚明學風大肆抨擊，如顧炎武主張「古之所謂理學，經學也」，並批評晚明理學說：

> 今之君子，聚賓客門人數十百人，與之言心言性；舍多學而識以求一貫之方，置四海困窮不言而講危微精一，我弗敢知也。〔註 27〕

又如黃宗羲由理學而史學，立身宗朱學，說經宗漢儒，注重氣節的表揚。其他如王夫之、顏元等，或提出修正，兼宗朱陸，或主張經世致用之學，雖各不相同，但對矯正王學末流的空疏狂妄卻是一致的。

清初爲了安定反側，採取恩威並濟、軟硬兼施的政策，一方面大興文字獄，箝制思想；一方面表彰儒術，提倡文學。當時學者爲了保身，大多埋首經傳訓詁、探索名物或專研古史。在標榜漢學之際，重視客觀考據，整理古籍名物去僞存眞，此乃所謂考證之學，亦名爲樸

〔註 26〕見《康熙起居注》五十六年十一月二十六日。
〔註 27〕見顧炎武所著《亭林文集》卷三〈與友人論學書〉。

學。梁啓超在《清代學術概論》中說：

> 此派（乾、嘉之考證學）發源於順、康之交，直至光宣，而流風餘韻，雖替未沫，直可謂與前清朝運相終始。

又清初儒學之所以復興，還有一個重要的因素是儒學本身的內部發展，此即余英時先生所提思想史的「內在理路」〔註28〕之說。他認爲理學到了明末，「尊德性」一派的發展碰到了許多亟待解決的問題：其一爲從朱子、陸象山到王陽明，儒學的發展主要和禪學相對抗，但是到了王學末流，已經有人開始談「三教合一」說，這種風氣迫使不願突破的理學家回到儒學原始經典中去尋找立論的根據。其二是朱陸之爭，持續到明末仍繼續發展，這種衝突最後也免不了要從原典上去尋求證據來解決。如明羅整庵屬程、朱一派，他覺得從理論上爭辯「心即理」或「性即理」，無法解決問題，因此徵引了《孟子》、《易經》來說明自己的主張。這也就是思想史上所謂的「回向原典」的現象。「義理必須取證於經典」的趨勢到了清朝更明顯，如上述顧炎武提出「古之所謂理學，經學也」的說法，是因爲他不滿意晚明心學流入純任主觀一派，認爲儒家所講的「道」或「理」，都必須從六經論孟等典籍中尋求。其他如陳乾初著《大學辨》，證明《大學》不是聖賢的經傳，則是爲了要解決義理系統上的困難。因爲從王陽明到劉宗周，爲了《大學》的問題煩惱不已，而陳乾初正是劉宗周的學生。此外黃梨洲、毛西河考證《易經》，也是爲了攻擊朱子，而有關《古文尚書》的爭論，更可以明白看到清初考證學和宋明理學之間

〔註28〕見余英時在《歷史與思想》中〈中國思想傳統的現代詮釋〉一書中說：「在外緣之外，我們還特別要講思想史的內在發展，我稱之爲內在的理路（Inner logic），也就是每一個特定的思想傳統本身都有一套問題，需要不斷的解決，……而舊問題又衍生新問題，如此流轉不已。這中間有線索條理可尋的。……如果我們專從思想史的內在發展著眼，撇開政治、經濟及外面的因素不問，也可以講出一套思想史。從宋明理學到清代經學這一階段的儒學發展也正可以這樣來處理。」余先生著重於觀念本身的演化與思想發展過程中內在的關係。

的內在關連。從「尊德性」到「道問學」，正是明末清初儒學發展的內在理路，也是儒學知識化的關鍵過程，研究儒家原始經典的風氣，因此得以在清初盛行。葉燮論詩以三百篇爲原則，也受到回向原典的影響。

二、前人詩論的影響

在康熙朝王士禛之「神韻說」出現之前，清朝自開國以來數十年間的詩論多承明代而來。此一時期的學者作家，均爲明末遺民，詩學論題基本上不出明前後七子和公安等派分唐界宋的經緯。故清初唐、宋詩之爭約略可分爲三派：承前後七子餘緒，力主唐音者有顧炎武、毛先舒；反對前後七子，爲宋詩張目者有黃宗羲、錢謙益；雖主唐音卻反對前後七子者有馮班、賀裳、吳喬、賀貽孫、施閏章、王夫之等。其中顧炎武、黃宗羲、錢謙益三人並無詩話傳世。顧、黃二人爲經、史學界大師；錢氏是當時首屈一指的詩人，詩學亦自成體系，他反對前後七子擬古主張，擴及其「文必秦漢、詩必盛唐」而兼宋元。就當時而言，詩話作者幾乎都是尊唐，他們以唐詩爲典範，上承前代韻味、興趣諸說的成果，或辨析詩歌體制，或揭櫫藝術特徵，錢謙益的主張可謂開宋詩一派風氣的先驅，也爲清代詩學理論的形成奠定完備的基礎。

其次，清初官方思想以程朱理學爲主，同樣也造成文學思想與文學政策上所謂「清眞雅正」的衡文標準。以「清眞雅正」作爲規範的文風，雖然是在雍正十年（1732 年）的上諭中頒佈的。但此一標準早在康熙朝已受到重視。如康熙二十四年（1685 年）御選《古文淵鑑》時就已體現此一宗旨。另外清初時文名家韓炎因詳論明代以來制藝的沿革和各種利弊，而被稱爲「湛深經術，制藝清眞雅正，實開風氣之先，足爲藝林楷則」〔註 29〕。再者，清初的文網之密，波及之廣，殺戮之慘烈，都是前所未有的。如順治十四年（1657 年）順天、江

〔註 29〕見《清史列傳》卷九〈韓炎傳〉。

南等地科場舞弊案，與此案有關之考官、舉人或被處死、或遭流放。順治十八年（1661 年）發生江南蘇、松、常、鎮四府奏銷案，受株連的江南紳衿多達一萬三千餘人。康熙二年（1663 年），莊廷鑨《明史》案爆發，莊被戮屍，數百人受株連死於非命〔註 30〕。五十一年（1712 年）又有翰林院編修戴名世因著述《南山集》而招致殺身之禍〔註 31〕，文字獄的恐怖籠罩清初詩壇。前朝遺民的慷慨激昂，懷念故朝的餘音也日趨沈寂。儘管詩壇名家林立，流派眾多，但相應於政治崇尚儒學，「溫柔敦厚」的詩教儼然已成為清初詩壇的主旋律。

清代儒家傳統詩教的確立，首先是從批駁晚明公安派開始。公安派以袁宏道及其兄宗道，其弟中道為代表，因三人為湖北公安人而得名。「公安派」的詩學主張是反對明代前後七子「文必秦漢，詩必盛唐」的擬古風氣。強調文學應獨抒性靈，不拘格套，反對抄襲，主張變通，在晚明詩壇中影響廣泛，清初批評公安派的詩學主張如朱彝尊斥其「捨其高潔，專尚鄙俚」，他說：

> 自袁伯修出，服習香山、眉山之結撰，首以白蘇名齋，既導其源，中郎、小修繼之，益揚其波，由是公安派盛行。然白、蘇各有神采，顧乃頹波自放。捨其高潔，專尚鄙俚。鍾譚從而再變，梟音鴃舌，風雅蕩然。泗鼎將沈，魑魅齊見，言作俑者，孰謂非伯修也邪！〔註 32〕

毛先舒在《詩辯坻》中也說道：

> 萬曆以來，文凡幾變，詩復幾更，哆口高談，皆欲呵佛。……詩之佻褻者，效《吳歌》之昵昵；齷齪者，拾學究之余瀋。

〔註 30〕吳興朱國楨撰《明史》若干卷，藏於家，後家道中落，子孫不能守，以其稿本售予莊廷鑨，莊家為富豪，能文墨，廣聘諸名士續成刊出。書中涉及李成梁同建州衛的關係以及明末抗清事蹟，康熙二年（1663 年）事發，釀成大獄，殺戮極慘。

〔註 31〕由於談論南明史事引起，時詔修明史已數十年，但有關明清之際的歷史總是諱而不錄，戴名世因著《孑遺錄》以見其概，又與其門人余生書，對南明史事多有論及。凡此，皆載入所著《南山集》中，刊行已久，康熙五十二年（1711 年）事發論死，株連三百餘人。

〔註 32〕見朱氏《靜志居詩話》卷十六〈袁宗道〉。

嗤笑軒冕，甘側與台；已飲類壤，旁蹊躑躅。曾何出奇，沾沾喋喋，伎倆頗見。豈若思古訓以自淑，求高曾之規矩耶？〔註 33〕

亦強調儒家詩教傳統的葉燮，在說明詩的源流正變時指出：

乃近代論詩者則曰：《三百篇》尚矣，五言必建安、黃初，其餘諸體必唐之初、盛而後可。……習之既久，乃有起而掊之，矯而反之者，誠是也；然又往往溺於偏畸之私說。其說勝，則出乎陳腐而入乎頗僻；不勝，則兩敝。而詩道遂淪而不可救。〔註 34〕

葉燮所說「近代論詩者」係指明前後七子。「起而掊之，矯而反之」的顯然是公安詩派。但葉燮以爲公安派的「偏畸」和「頗僻」是導致詩道淪喪的直接原因。所謂詩道，葉氏的看法是「不能不變於古今而日趨於異也。日趨於異，而變之中有不變者存，請得一言以蔽之，曰雅。雅也者，作詩之原而可以盡乎詩之流者也。」〔註 35〕「雅」本來是與「俚」相對的，含有「古質」、「深醇」的風格〔註 36〕，如《史記》、韓歐之文，六經之言，都是雅的典範。葉燮不僅是將「雅」視爲一種文體，而且又每每將雅作爲「詩之原」的詩道。

第三節　葉燮其人與《原詩》

一、生平概述

葉氏（1627～1703 年），諱燮，小名世倌，字星期，號已畦，江

〔註 33〕見《詩辨坻》卷一〈總論〉。

〔註 34〕見《原詩》內篇上。

〔註 35〕見葉氏《已畦文集》卷九〈汪秋原浪齋二集詩序〉。

〔註 36〕如明清之際的艾南英曾說：「每見六朝及近代王、李崇飾字句者，輒覺其俚；讀《史記》及昌黎、永叔古質典重之文，則覺奇雅。」（見《天傭子集》卷三〈答夏彝仲論文書〉）又說：「以《易》、《詩》、《書》、《春秋》、《禮》、《樂》之言，代《語》、《孟》之文，以古雅深醇之詞，洗里巷之習，一時後輩，從風丕變。」（見《天傭子集》卷五〈王子鞏觀生草序〉）

蘇吳江人，晚年定居江蘇吳江橫山講學，人稱橫山先生。爲明末文人葉紹袁（字仲韶）的第六子。明天啓七年生，卒於清康熙四十二年，享年七十七歲。葉燮於南明福王弘光元年（1644 年）補嘉善弟子員，時年十七，應試之時名列第一，學使李于堅評其詩文曰：「辭鋒郁壯，妙辯縱橫，至慧心靈悟，雷霆發聲，萬國春曉，起小乘家可望。」閣學錢塞庵亦擊節稱賞，云其「以南華之汪洋，楞嚴之了義」〔註 37〕。

康熙五年（1666 年）六月鄉試中舉，九年（1670 年）登進士第，十四年（1675 年）任寶應縣令，然「適三逆煽亂，軍事旁午，地當南北往來之衝，接應靡暇日。縣境濱運河，東西延袤二百里，時虞潰決。又值歲穀不登，民乏食。燮極意經畫，境賴以安」〔註 38〕。未料十五年（1676 年）十一月因「伉直不附上官意」被黜，葉燮稱當時貪官污吏「滅天理、喪良心，倒黑白是非，敲骨吸髓」〔註 39〕，而自己就是因爲不願同流合污，故而因細故落職，絕意仕途。

葉家廳堂名曰「清白」，葉紹袁常指著「清白」匾額說：

> 我家自都諫公以來，五世食祿，所貽者止此二字，故我每一顧不敢忘。我雖貧，不爲戚戚，固窮安命，可以自治。汝輩若能興起繼志，吾願畢矣！〔註 40〕

葉燮自稱「不合時宜」、「舉世之所爲怪物者」、「怪物之首」〔註 41〕。並且對當時所謂的「名者」、「利者」、「勢者」、「外飾者」、「役役者」、「浮夸者」、「托於狂者」、「媚於世者」皆有所批評。在《已畦瑣語》中，對於「庸人」及「射利之夫」深表輕視，他說：「人有一番大作用及稍有節概者，必有一番磊磊落落不可一世之意，絕不肯隨聲附和，唯唯諾諾。」在詩作中更能表現其節操氣度，如「高論何妨

〔註 37〕見葉紹袁《葉天寥年譜序》。
〔註 38〕見《清史列傳》卷七十。
〔註 39〕見《已畦文集·與吳漢槎（吳兆騫）》卷十三。
〔註 40〕見《已畦文集》卷十一〈西華阡表〉。
〔註 41〕見《已畦文集》卷五〈聽松堂姓字記〉。

天地寬，閑評寧怕蛟龍怒」〔註 42〕、「破膽不辭履虎凶，拍肩詎怕不鯨跌」等，可惜這種節概，無法在政治上實施，只能表現在其文學思想中。

自康熙十七年（1678 年）冬，隱居橫山授徒，因此又稱爲橫山先生。生性喜遍遊山川名勝，他在〈將遠遊奉別諸同人〉一詩序中云：

> 余生平好名山水如同飢渴，岱宗嵩少匡廬黃山，曾陟焉而得其勝，獨未登太華、峨眉爲憾。今年已七十，倘復遷延不往，其不爲終身疚乎？決於今春奮然出門，以畢此願。……余此行原不決望生還，……倘獲長逝於削成萬仞雪嶺天半、丹崖翠壁、古剎名藍之間，便當埋此，提一碣曰：「有吳橫山人葉子之墓。」斯願長畢矣。〔註 43〕

故其在七十六歲時，仍帶足三個月的糧食盤纏，遊會稽五洩等地，回家後便一病不起，第二年（康熙四十二年，1703 年）就與世長辭了〔註 44〕。

二、治學精神與著述

（一）家學淵源

葉燮的父母兄姊均有才華，家中唱和之作極多，據《吳江縣志》記載：「紹袁工詩，五子三女（見附錄一），並有門藻，一門之中，更相唱和，以此自娛。」堪稱爲文學之家。曹雪佺輯石倉十二代詩選，葉紹袁託人贈所輯家人之作《午夢堂集九種》一部，希望能入選。曹雪佺序云：「余僭選明詩，如獲拱璧，詎惟閨秀，足當大家！乃擷其精華，刻之如左。」雖然石倉歷代詩選萬曆之後的詩作已經散佚，不過仍可藉此肯定葉家的文學造詣。葉燮自幼耳濡目染，應該有不小的影響。

〔註 42〕見《已畦詩集》卷三〈放歌行同人再集魏里涉園賦〉。

〔註 43〕見《已畦詩集》卷九。

〔註 44〕見《清史・文苑傳》卷七十。

葉燮在《已畦文集・自序》說他家祖輩雖有存書數千卷，然「既更世故，盡爲灰燼無遺。家貧，力不能買書，及居處荒山，又無處可借書，即欲讀書無由。益甘心爲不讀書不識字之人已矣。」葉燮祖父葉重第，進士出身，官至貴州簽事，爲官以廉節著聞，死後家無積蓄，所貽者僅給饘粥〔註 45〕。父親葉紹袁，天啓五年（1625 年）進士。任南京武學教授，遷國子監助教，調北京升任工部虞衡司主事，負責疏濬護城河及盔甲場等國防邊務。後因朝廷腐敗，不願諂媚事權貴宦官，被迫「告假」還鄉，自此隱居不仕。明亡後，亦堅決不肯投降清朝，故削髮出家，直到去世。其母沈宜修，字宛君，工吟詠。葉紹袁曾說：「我內人沈宛君，夙好文章，究心風雅，與諸女題花賦草，鏤月裁雲，一時相賞，庶稱美譚。」〔註 46〕一家之中，更相唱和，以此自娛。其大姊紈紈（字昭齊）、二姊小紈（字蕙綢）、大哥世佺（字雲期）、三姊小鸞（字瓊章）、二哥世偁（字聲期）、三哥世容（字威期）、四哥世侗（字開期）、五哥世儋（字遐期）、四姊小繁（字千瓔）、大弟世倕（字弓期）、二弟世儴（五歲而殤），除世儴外，其他多有作品，特別是三姊葉小鸞，在當時閨閣文壇中頗負盛名。家學淵源，直接響了葉燮的詩文創作及文學理論。

（二）佛學影響

葉燮家人信佛，其父葉紹袁「喜釋氏言，著楞嚴彙解、金剛經注、參同契注」〔註 47〕。《已畦文集》卷十四〈西華阡表〉曾記載兩件特殊的遭遇，更可見葉紹袁與佛門淵源深厚。其一爲萬曆二十四年（1596 年），紹袁八歲時，罹病幾危，夢中有清泉自天而降，澆其身，醒來時始知有一老衲在床前誦經，清泉爲其所灑，病因此而癒。其二在崇禎八年（1635 年），紹袁四十七歲，夢在一小寺中，若有所

〔註 45〕見《已畦文集》卷十四〈西華阡表〉。
〔註 46〕見《午夢堂詩文十種》，葉紹袁〈自序〉。是書現藏於國家圖書館善本書室。
〔註 47〕見《已畦文集》卷十四〈西華阡表〉。

悟，自念云：「吾前身名氏爲某，今在此爲僧，字天寥也。」在迭經妻亡女死之家庭變故後，已萌出家之念；及至明朝滅亡，其意遂決，《甲行日注》云：「臣子分固當死，世受國家恩當死，讀聖賢書又當死；雖然死亦難言之，姑從其易者一駱丞續樓觀滄海句耳！」既然不能以身殉國，削髮爲僧乃最後歸宿。

葉燮外祖父沈玧，棲心禪觀，出家爲僧。其母沈宛君精研佛經，紹袁曰：「君於書史，性喜披閱，竺乾梵典，尤極探研。楞伽奧旨，維摩密義，雖爲直印眞宗，竊亦漸參悟解。」葉紈紈（大姊）臨終時「念佛端坐，瞑目而化」。葉小鸞（三姊）才華最高，頗悟佛理，十七歲時作〈鷓鴣天〉詞云：「一卷楞嚴一炷香，蒲團爲伴世相忘。三山碧水魂非遠，半枕清風夢引常。」臨終時與紈紈略同，「略無昏亂，惟枕母臂間，星眸炯炯，佛念騰騰，似入定，頃，怡然而逝。」（葉夫人遺集序）可謂勘破生死，心地安然。

葉燮在思想上雖以儒家爲主，但從幼年起，即受到佛、老的沾溉，尤其在其父葉紹袁的影響之下，自小鑽研佛學，能通解《楞嚴經》、《楞伽經》，甚至有「老尊宿儒莫能難」之譽〔註 48〕。他常將佛典妙拈入詩，成爲其詩作中的一項特色，如「憶時十五六，莊誦首楞嚴，妙奢三摩他，錯向文字詮」、「成∴三不立，無待二誰傳」〔註 49〕、「香心湧卍空成假，塵影隨∴去更難」〔註 50〕。老年作詩更具有禪味，如「軒然酒罷論時事，不如歸證三摩心」（〈在汝寧與左禹談楞嚴〉）、「眞到了無前後際，認伊斷處卻如環」、「任教劫火旋輪熱，不上蒲團六月寒」等。除詩作外，其文集中亦以爲佛老之學，

〔註 48〕見沈德潛《歸愚文鈔・葉先生傳》。

〔註 49〕以上均見《已畦詩集》卷一〈山居雜詩二十九首〉。

〔註 50〕見《已畦詩集》卷十〈黃葉坐茗譚竟日次友人韻贈澹懷開士〉二首之二。其中「∴」讀伊，據金剛經釋字母品云：「伊字門一切法根，不可得故。」翻譯名義集引章安疏云：「言伊字者，外國有新舊兩伊。舊伊橫豎斷絕相離，借此況彼。……新伊者，譬今教三德法身即照亦即自在。」又「卍」字，一切經音義說：「吉祥相也。……乃是如來身上數處有此吉祥之文，大福德之相。」

「反而求之，終無戾乎福善禍淫之說，……終以興起人爲善之意而已矣。」在《原詩》中，亦嘗用釋氏之言，申論其詩學理論〔註51〕。葉燮認爲佛學並不會危害儒家的體用之學，反而能與儒家仁者之事相互吻合。

（三）主要著作

葉燮著作，相關文獻記載的情況頗不一致。茲分述如下：

1. 《清史稿》卷四百八十四列傳二百七十一中著錄有《原詩》內外篇及《已畦文集》十卷。
2. 《清史》列傳〈文苑傳〉卷七十云：「所著有已畦文集十卷、詩集十卷、原詩四卷、殘餘一卷。」
3. 《清朝先正事略》卷三十八〈葉橫山先生事略〉中記載有「已畦文集二十卷、詩集十卷、原詩內外篇四卷及汪文摘謬」。
4. 沈德潛《歸愚文鈔》卷十六〈葉先生傳〉中則稱有「已畦文集二十卷、詩集十卷、原詩四卷、殘餘一卷、修吳江、寶應、陳留、儀封等縣志」。
5. 陳荺纕於乾隆間所修之《吳江縣志》卷四十六，亦羅列有多種著述，包括「已畦文集十四卷、原詩四卷、已畦西南行草二卷、已畦詩近刻四卷、已畦舊存二卷、語畦唱和一卷、禾中唱和一卷、吳江縣志定本四十七卷」。
6. 另外日本京都大學人文科學研究所漢籍目錄集部第二別集類著錄有「吳江縣志四十六卷圖一卷、已畦瑣語一卷、江南星野辨一卷、已畦詩集十卷、已畦集二十二卷、已畦詩集殘餘一卷附午夢堂詩鈔四卷、原詩」。

〔註51〕如葉燮在《已畦文集》卷六〈追記黃山廬山兩遊〉中云：「黃之爲山也，奇誕怪詭，不可端倪，昔人有云：『到者方知。』又云：『匪夷所思。』又云：『豈有此理。』如釋氏所云：『言語道斷，思維路絕。其境界如此。』」在《原詩》內篇下即以「言語道斷，思維路絕」之言，譬喻理至、事至、情至之境界。

7. 橫山九世從孫振宗載其叔曾祖戟甫公之語，尚有「炊飯集、奔觧錄」二部〔註52〕。經分類整理表列如下：

分類	書　名	卷　數	出　　處	版　　本	備　註
詩	已畦詩集	1. 十卷（尚有殘餘一卷） 2. 十四卷	1. 清史列傳文苑傳、清朝先正事略〔註53〕、沈德潛云〔註54〕、日本京都大學人文科學研究所漢籍目錄 2. 吳江縣志〔註55〕	1. 康熙間刻之二棄草堂本 2. 民初夢篆樓刊之郎園全書本	1. 藏於台大研究圖書館 2. 藏於中央研究院傅斯年圖書館
	已畦西南行草	二卷	吳江縣志		疑爲葉燮原始之單行詩集（未見）
	已畦詩近刻	四卷	吳江縣志		疑爲葉燮原始之單行詩集（未見）
	已畦詩舊存	二卷	吳江縣志		疑爲葉燮原始之單行詩集（未見）
	語畦倡和	一卷	吳江縣志		疑爲葉燮原始之單行詩集（未見）
	禾中倡和	一卷	吳江縣志		疑爲葉燮原始之單行詩集（未見）
文	已畦文集	1. 十卷 2. 二十卷 3. 二十一卷	1. 清史列傳文苑傳、清朝先正事略	1. 康熙間刻之二棄草堂本 2. 民初夢篆樓刊	1. 藏於台大研究圖書館

〔註52〕以上文字參考廖宏昌先生所著之〈葉燮著述考徵〉。
〔註53〕見《清朝先正事略》卷三十八〈葉橫山先生事略〉。
〔註54〕見沈德潛所撰之《歸愚文鈔》卷十六〈葉先生傳〉。
〔註55〕見陳蓂纕所編《吳江縣志》卷四十六書目。

		4. 二十二卷〔註56〕	2. 沈德潛云 3. 四庫全書總目 4. 鄧之誠清詩紀事初編	之郎園全書本	2. 藏於中央研究院傅斯年圖書館
	江南星野辨	一卷	日本京都大學人文科學研究所漢籍目錄	1. 康熙間刻之二棄草堂本 2. 昭代叢書世楷堂藏板 3. 民初夢篆樓刊之郎園全書本	
	汪文摘謬	一卷		夢篆樓刊之郎園全書本	
詩學理論	原詩（內外篇）	四卷		1. 康熙間刻之二棄草堂本 2. 道光中世楷堂刊昭代叢書本 3. 民初丁福保輯清詩話本 4. 民初夢篆樓刊之郎園全書本 5. 1998年人民北京文學出版社	（本文主要用書即爲此版本） （本文主要用書即爲此版本）
方志	吳江縣志	1. 四十七卷 2. 四十六卷圖一卷	1. 吳江縣志 2. 日本京都大學人文科學研究所漢籍目錄〔註57〕		

〔註56〕據廖宏昌先生考《已畦文集》之版本、卷數，有數種說法，摘要如下：「清史列傳文苑傳云十卷，沈德潛云爲二十卷，四庫全書提要云爲二十一卷。鄧之誠《清詩紀事初編》云：『文初刻本十四卷，至庚申止（康熙十九年），當爲燮所自定。乾隆中，沈德潛覆刻全集，增文爲二十二卷。』橫山九世孫葉振宗云：『公所著已畦詩文集三十二卷，原本爲二棄草堂藏板，係公自刊行世，乾隆中葉以少傳本，文愨（沈德潛謚號）序而重刊之。』」今藏於台灣大學研究所圖書館者，文集爲二十二卷，詩集爲十卷，合其卷數共三十二。正爲葉振宗所言。

〔註57〕據京都大學人文科學研究所漢籍目錄云：「吳江縣志四十卷圖一卷，清郭琇修葉燮等纂。」又《已畦文集》卷九有〈纂修吳江縣志定本序〉一文云：「吳江縣向有莫旦、徐師曾二志，……莫志成於明弘治

	寶應縣志				
	陳留縣志				
	儀封縣志				
其他	已畦瑣語	一卷	日本京都大學人文科學研究所漢籍目錄	世楷堂刊昭代叢書	
	炊飯集				
	奔餘錄				

其中本論文主要用書《原詩》，體例分爲內外兩篇，每篇又分上下兩卷。內篇「標宗旨」，外篇「肆博辯」〔註58〕。內篇上下共九則，多數採用問答體來說明詩的源流正變、學詩的方法及與詩人之關係；外篇上下共四十四則，著重在於對歷代詩歌與詩人之批評。內容雖然有分則，但並非如語錄體般前後獨立，其則與則之間，有相承相續的連帶關係。例如在〈內篇〉上第一則是抨擊前後七子「五言必建安、黃初，其餘諸體，必唐之初盛而後可」及「不讀唐以後書」的復古論調，並認爲這種復古留給後世不良的影響。在此前提之下，於第二則中，葉燮肯定了詩的「變」是一種正常的發展，並說明了詩歌從三百篇以降的變化。

第四節　原詩之寫作動機

一、掃除陳見俗諦

葉燮以爲欲知古代詩人、詩作之眞面目，須先辨明詩之源流、本

年間，徐志成於嘉靖年間，迄於皇清，其間一百四十餘年缺而未纂。康熙二十二年各直省奉上命纂修地志而下於郡縣，於是我邑侯郭公與邑紳士，因舊志而續之，上自三代以及康熙二十三年，凡於例得書者悉志之。爲書四十六卷，二十餘萬言。……蓋三閱月而書成，爲吳江縣志定本。」

〔註58〕見沈珩〈原詩序〉。

末、正變、盛衰。故《原詩》內篇下，他說：

究之何嘗見古人之眞面目，而辨其詩之源流、本末、正變、盛衰之相因哉？更有竊其腐餘，高自論說，互相祖述，此眞詩運之厄。故竊不揣，謹以數千年詩之正變盛衰之所以然，略爲發明，以俟古人之復起。

沈珩序《原詩》時也稱葉燮：「憫學者障錮於淫詖，忎焉憂之，發爲原詩內外篇。」沈德潛撰〈葉先生傳〉亦道其師：「成原詩內外篇，掃除陳見俗諦。」究竟葉燮所擔憂之障錮、所欲掃除之陳見爲何？他說：

唯有明末造，諸稱詩者，專以依傍臨摹爲事，不能得古人之興會神理，句剽字竊，依樣葫蘆，如小兒學語，徒有喔咿，聲音雖似，都無成說，令人噦而卻走耳。乃妄自稱許曰：「此得古人某某之法」。尊盛唐者，盛唐以後，具不掛齒。近或有以錢劉爲標榜者，舉世從風，以劉長卿爲正派。究其實不過以錢劉淺利輕圓，易於摹仿，遂呵宋斥元。又推崇宋詩者，竊陸游、范成大與元之元好問諸人婉秀便麗之句，以爲秘本。昔李攀龍襲漢魏古詩樂府，易一二字便居爲己作；今有用陸范及元詩句，或顚倒一二字，或全竊其面目，以盛誇於世，儼主騷壇，傲睨今古；豈爲風雅道衰，抑可窺其術智矣。〔註 59〕

由此可知，葉氏所批評的對象有三：一是「句剽字竊」的尊唐者，此指明七子〔註 60〕及其末流而言〔註 61〕。二是以錢劉〔註 62〕「淺利輕圓」

〔註 59〕見《原詩》內篇上。

〔註 60〕前七子爲李夢陽、何景明、徐禎卿、邊貢、王廷相、康海、王九思；以李夢陽、何景明爲首，主張「古詩必漢魏、必三謝、今體必初盛唐、必杜。」反對浮華的台閣體和茶陵派。後七子是李攀龍、王世貞、謝榛、宗臣、梁有譽、徐中行、吳國倫，以李攀龍、王世貞爲領袖。承續後七子的主張，強調是古非今的復古主義。

〔註 61〕葉燮於《原詩》內篇下批評明七子及其後學：「奉老生之常談，襲古來所云忠厚和平、渾樸典雅、陳陳皮膚之語，以爲正始在是，元音復振，動以道性情、托比興爲言。其詩也，非庸則腐，非腐則俚。」

〔註 62〕錢，錢起，字仲文，大曆十才子之一，著有《錢考功集》。劉，劉長爲標榜者，此即指宗尚中晚唐者；三是推崇陸游、范成大〔註 63〕及元好問之「婉秀便麗」者，此即指宗尚宋元詩者。上述三派學者皆不見古人之眞面目，而徒援一古人爲門戶，盛誇於世，故葉燮作《原詩》四卷，欲力破其非，掃除陳見俗諦。

其次對於竟陵派首領鍾惺、譚元春〔註 64〕，葉燮則稱其爲「矯異於末季，又不如王、李之猶可及於再世之餘也。」又說：「好爲大言，遺棄一切掇採字句，抄集韻腳。睹其成篇，句句可劃；諷其一句，字字可斷。」因而形成了怪戾、濃抹、涉險、拗拙的詩風，令其慨嘆的是清初詩壇詫爲新奇而趨而效之者甚眾。後因竟陵派弟子金聖歎於順治十八年（1661 年）因哭廟〔註 65〕被禍，且錢謙益等人對鍾、譚極盡排抵之能事〔註 66〕，使得竟陵派生氣日減。鍾、譚所合選之《詩歸》，在清初曾流行一時，葉燮因革沿創之說，對當時的竟陵派餘緒，也稱得上是昌言擊排了。

卿，字文房，開元二十一年進士，官中隨州刺史，有《劉隨州詩集》十卷、《外集》一卷。

〔註 63〕清初學陸游、范成大詩的風氣很盛，有「家劍南而户石湖」之說，尤以吳中爲然。

〔註 64〕鍾惺，字伯敬，有《隱秀軒集》。譚元春，字友夏，有《岳歸堂集》、《鵠灣文草》。兩人均爲竟陵人，故稱竟陵派。論詩雖然反對前後七子的復古主張，但卻在創作上追求孤僻險怪。其所評選《詩歸》五十一卷，以纖巧幽渺爲宗。

〔註 65〕順治十八年（1661 年）正月，江南吳縣知縣任維初濫用刑責，貪污浮徵。當時正值順治帝去世，蘇州府堂設靈，屬官齊集，哭臨三日。諸生倪用賓、金人瑞（字聖歎）等百餘人至廟，鳴鐘擊鼓，擁入府堂，民眾「相從而至者達千餘人，號呼而來，皆欲逐任知縣者也」。巡撫朱國治當即下令逮捕倪用賓、任維初等十一人，疏報朝廷，說「縣令催徵招尤，劣生糾黨肆橫」，「千百成群，肆行無忌，震驚先帝之靈，罪大惡極」。清廷特派官員赴江寧，判倪用賓、金人瑞等十八人斬刑。

〔註 66〕錢謙益在《列朝詩集小傳·鍾惺》云：「當其（指竟陵派）創獲之初，亦嘗覃思苦心，……久之，見日益僻，膽日益粗，舉古人之高文大篇鋪排陳比者，以爲繁蕪熟爛，胥欲掃而刊之，而惟其僻見之師。……浸淫三十餘年，風移俗易，滔滔不返。」

正因葉燮對於詩的源流、本末、正變、盛衰有完整深刻的體認，所以才能看出七子字比句擬之非，與竟陵的師心自用之失。同時也覺察到分唐界宋、各立門戶的偏頗弊病。為了掃除陳見俗諦，塞淫詖之辭，開後人心眼，所以撰寫《原詩》，「盡掃古今盛衰正變之膚說」，以期為學者樹立一個新典型。

二、成就一家之言

葉燮認為文學有古今之變，實不必以時代分優劣，所以對古今人評詩，雜而無章、紛亂不一、分唐界宋、各立門戶的主張，深表不滿。如在《已畦文集》卷九〈三徑草序〉中道：

> 吾吳自　國初以來，稱詩之家如林，……有明之季，凡稱詩者咸尊盛唐；及　國初而一變，訕唐而尊宋；旋又酌盛唐與宋之間，而推晚唐，且又有推中州以逮元者，又有訕宋而復尊唐者，紛紜反覆，入主出奴，五十年來，各樹一幟。

明清文壇、詩壇百家爭鳴的結果，造成論詩文者互相標榜、囿於門戶膠固一偏、勦獵成說，造成弊病叢出的局面。其弟子沈德潛述其師著《原詩》之動機時也說：

> 先生初寓吳時，吳中稱詩者多宗范陸，究所獵者范陸之皮毛，幾於千手雷同矣。先生著原詩內外篇四卷，力破其非。〔註67〕

以當時而言，「吳中宗尚范、陸」者指的是汪琬。汪琬在《堯峰文鈔》卷五有〈讀宋人詩五首〉，其中有「石湖別自擅宗風」、「放翁已得眉山髓」詩句，對於范、陸可謂推崇備至。在《清史列傳・汪琬傳》中亦有：

> 琬學術既深，軌轍復正，……詩則兼范成大、陸游、元好問之勝。

汪琬居堯峰，與葉氏里居甚近，同樣設帳授徒，但二人論文的意見相左，所以互相詆諆。汪氏認為時正詩亦正，盛代詩歌因正而美；時變

〔註67〕見沈德潛《清詩別裁》。

詩亦變，亂世則促使邪靡、躁急、散亂之音的出現，詩歌反而愈變愈壞，每況愈下。他說：

> 詩，風雅之有正變也，蓋自毛鄭之學始。成周之初，雖以途歌巷謠而皆得列於正，幽厲以凡，舉凡諸侯大人公卿大夫閔是病俗之所爲，而莫不以變名之。正變之云以其時，非以其人也。故曰：「志微焦殺之音作，而民憂思；單諧慢易之音作，而民康樂；順成和動之音作，而民慈愛；流僻邪散狄成滌濫之音作，而民淫亂。」夫詩故樂之權與也。觀夫之詩正變，而其時之廢興治亂污隆得失之數，可得而鑒也。〔註68〕

葉燮「正變」之說與汪氏針鋒相對，所著《汪文摘謬》就是對汪琬論詩文觀點不表贊同之作，他說：

> 昔夫子刪詩，未聞有正變之分，自漢儒紛紜之說起，而詩始分正變。……又言正變之云，以其時，非以其人。……然斯言也，就時以言詩，而言周之時之詩則可，自周以後，則以其時之一言，有斷斷不然者，何也？三百篇之後，群然推五言之祖而奉以爲正者，必曰漢之建安，彼其時何時也？……自唐三百年詩，有初盛中晚之分，論者皆以初盛爲詩之正，中晚爲詩之變，所謂以時云云。然就初而論，在貞觀則時之正，而詩不能反陳隋之變；永徽以後，武氏簒唐，爲開闢以來未有之奇變，……正變之說加之於三百篇，已非吾夫子本旨，而欲踵其說於三百篇之後，妄爲配合支離，論時論詩，習爲陳腐之談，……

文中言汪琬論正變，大抵承襲詩大序之說。葉燮通古今以觀之，從時變與詩變立論，因此不僅說理較爲周詳，且破除之功不容忽視。觀夫創作《原詩》動機，除了探究詩歌本原，發明數千年詩之正變、盛衰之所以然，以解詩厄、救詩道外；欲針砭學者評詩論文之障蔽，掃除古今盛衰正變之膚說，成就一家之言，亦爲葉燮創作動機之重要因素。

〔註68〕見汪氏所著《唐詩正序》。

第三章　中國詩學理論「正變」觀念概述

第一節　詩話的特色與源起

郭紹虞在論述文學批評之產生時說：

> 文學批評的產生和發展，是在文學產生和發展之後。在文學產生並且相當發展以後，於是要整理，整理就是批評。〔註1〕

「文學批評」一般而言是指「討論與評價文學作家、作品以及文學原理等相關問題之文字」。「詩話」既然爲中國詩歌評論的主要形式，其產生與發展，自然只能在詩歌產生與發展之後，而不可能在此之前。

古代收集有關詩文評論的著作，或附於「總集類」〔註2〕之後，或列於「小說類」〔註3〕之下，或歸於「文史類」〔註4〕之中，不曾

〔註1〕見郭紹虞《中國文學批評史》，上海：古籍出版社，1982年初版。

〔註2〕如摯虞《文章流別論》、李充《翰林論》、劉勰《文心雕龍》列於《隋書》中的「總集類」之下。

〔註3〕《宋史》將李兼《陸游山陰詩話》、曾季貍《艇齋詩話》、胡仔《苕溪漁阻叢話》、蘇軾《東坡詩話》、陳師道《後山詩話》列於「小說類」之中，與干寶《搜神記》同屬一類。

出現過「文學批評」的類目；與之性質相似的名稱爲「叢話」、「夜話」、「詩話」、「夜語」、「晬語」〔註5〕等等，就可知道此乃作者隨感信筆寫下的文字，故較爲瑣碎零拾。一直到《四庫全書總目》開始出現「詩文評」一類，專事收集論詩談文之作，才算的上是書籍分類中首見有「評」字的。可是這些作品並沒有因而提高地位。王瑤在《中國文學批評與總集》中說道：

> 中國文學批評史的研究，是「五四」以後才興起的。在過去的目錄學裡，經史子集的分類秩序，同時也表示了這些書彼此之間價值的高下，而詩文評不過是集部的一條尾巴，是很沒有地位的。

又說：

> 一般人只把它當作閑書看待的，這也就表明過去的讀者和作者並不重視或不接受批評的指導。就影響上來考察，對讀者和作者發生「文學批評」的實際效果的，倒是「總集」，那作用和影響，是遠超過詩話的言語的。

詩文評會給人這樣的印象，與它產生的方式與作者寫作的態度有密切關係。例如現存以詩話命名的最早的一部著作是歐陽修的《六一詩話》，他自述寫作此書的原因是：

> 居士退居汝陰，而集以資閒談也。〔註6〕

「以資閒談」是他作此書的原因，並非爲了明道載道所著。另司馬光在《續詩話》中亦云：

> 詩話尚有遺者，歐陽公文章名聲雖不可及，然紀事一也，故敢續之。〔註7〕

〔註4〕《明史・藝文志》雖不再把詩話歸於「小說類」中，但將之列於「文史類」下。

〔註5〕如胡仔《苕溪漁隱叢話》、惠洪《冷齋夜話》、歐陽修《六一詩話》、范晞文《對床夜語》、沈德潛《說詩晬語》等，都是屬於詩文批評一類的著作。

〔註6〕見《歷代詩話》中所輯歐陽修之《六一詩話》，台北：藝文印書館，1959年，頁1。

〔註7〕同註6。見司馬光《溫公續詩話》，頁1。

其對詩話態度也和歐陽修一樣，蒐羅詩話，編續成書，也是供作閒談之用。

當然也有一些評論者，欲藉由詩話，糾正文壇中不良的風氣，如宋朝許顗在《彥周詩話》中所說：

> 詩話者，辨句法、備古今、紀盛德、錄異事、正訛誤也。〔註8〕

又如張嘉秀在《詩話總龜》的序言中云：

> 夫詩，胡爲者也？宣鬱達情，擷青登碩者也。夫詩話，胡爲者也？摘英指類，摽理近迷著也。〔註9〕

這類作品雖有所託，但其表達形式仍是以摘句敘述，片言隻語的方式記錄下來。以下先就詩話的特殊性作說明，次論詩話的起源及歷朝演變之情形。

一、詩話的特色

詩話是以筆記體爲主、兼具理論與資料性質的詩學著作，爲我國古代詩歌理論批評特有的一種形式，在宋代以後的文學理論批評史上佔有重要的地位。之所以稱爲「詩話」而非「詩論」，是因爲它比起詩論的內容廣泛，形式也更靈活。正如郭紹虞在《宋詩話輯佚》的序言中所說：

> 在輕鬆的筆調中間，不妨蘊藏著重要的理論；在嚴正的批評之下，卻又多少帶有詼諧的成分。

傳統詩話、詩學批評的特點多半是評語簡約、籠統晦澀、妙用比喻，因而予人「有句無篇」之感。且詩話作者認爲詩作貴有「言外之意」，從《六一詩話》到《人間詞話》莫不如此。可是對何謂「言外之意」卻極少細論，而要讀者自己去玩味。其所評論的小至一字一句，大至一朝一體，皆可用三言兩語以代之〔註10〕。這種方式由來已久，可

〔註 8〕同註6。見許顗《彥周詩話》，頁1。
〔註 9〕見《四部叢刊初編》中所錄之《詩話總龜》，頁1。
〔註10〕如《滄浪詩話》說李白詩「飄逸」，杜甫詩「沈郁」。除外尚有「高、

上推至《論語》中「詩三百，一言以蔽之，曰：思無邪。」「一言以蔽之」遂常爲人所引用。其後揚雄《法言》所謂「詩人之賦麗以則，辭人之賦麗以淫。如孔氏之門用賦也，則賈誼升堂，相如入室矣。」以「麗則」、「麗淫」分辨詩人辭人；以「升堂」、「入室」別析賈誼、相如，亦可謂簡矣。至若曹丕《典論・論文》評當世七子曰：「和而不壯」、「壯而不密」，但用二字以褒貶；論文則曰：「銘誄尚實」、「詩賦欲麗」，各以一字盡括。而後彥和之〈序志篇〉曰：「魏典密而不周；隋書辯而無當；應論華而疏略；陸賦巧而碎亂；流別精而少巧；翰林淺而寡要」皆用四字以定優劣。又如東坡論有唐一代詩人「元輕、白俗、郊寒、島瘦」，各以一字定奪。還有運用比喻論詩的，如鍾嶸《詩品》卷中引湯惠休之言曰：「謝詩如芙蓉出水，顏如錯采鏤金。」嚴羽《滄浪詩話》中狀寫李白和杜甫的「金翅擘海」、「香象渡河」等。

其次，中國古代詩學思維的獨特處是「重悟不重解」〔註 11〕。「解」注重的是森密的邏輯、明確的分析與思辨的概念。「悟」則著重對事物整體、直觀的把握，如道家所說的「目擊道存，不可容聲」，只有以直觀方式感受萬事萬物，才能把握大道。又如佛家崇倡之「不思不議」與「證悟」，確信事物的最高本體是不分範疇，不可言說的，此種境界「如人飲水，冷暖自知」。宋朝詩學家嚴羽也說：「論詩如論禪，……禪道惟在妙悟，詩道亦在妙悟」。因此，在表述上依靠點悟，而不確切陳述，讀者也只能靠自己的揣摩心領神會、把握精義。上述「簡約籠統」、「重悟不重解」的二項特色，使古代詩話大多是隨思隨錄的札記、感想，帶有強烈的感性色彩，軟欠缺系統性。

羅根澤在其《中國文學批評史》中說：「詩話有兩種作用，一爲記事，一爲評詩。記事貴實事求是，評詩貴闡發詩理；前者爲客觀之

古、遠、深、長、雄渾、悲壯、淒婉」等。其他還有「秀拔、壯麗、古雅、老健、清逸、明淨、芳潤、奇絕」等。

〔註 11〕見王飛鶚《詩品續解》序言中語。

記述，後者爲主觀之意見。」他所說的兩種作用，正好與清代章學誠（1738～1801 年）把詩話分爲「論詩及事」類和「論詩及辭」類相應〔註 12〕。簡言之，所謂「論詩及事」，是指對詩人詩事的記述，重在資料；所謂「論詩及辭」，是指對詩人詩作的研究，重在理論。二者之間，並無絕對的界限，清人鍾廷瑛在《全宋詩話》序言中說：

> 詩話者，記本事，寓評品，賞名篇，標儁句；耆宿說法，時度金針，名流排調，亦徵善謔；或有參考故實，辨正謬誤；皆攻詩者所不廢也。

此處列舉的詩話內容，包括了記事、批評、鑑賞、標句、說法、調謔、故實、糾謬等方面。此外，如《四庫全書總目》在「詩文評」類的序論中把歷來的詩文評分成「究文體之源流而評其工拙者」、「第作者甲乙而溯厥師承者」、「備陳法律者」、「旁采故實者」、「體兼說部者」五大類。近代郭紹虞所說：「詩話中間，則論詩可以及辭，也可以及事；而且更可以辭中及事，事中及辭。」〔註 13〕多數的詩話是二者兼而有之，屬綜合性的。

關於詩話在表達上語義含糊、不夠具體的問題，朱東潤在《中國文學批評史大綱》一書之序言中就曾指出：

> 讀中國文學批評，尤有當注意者。昔人用語，往往參互；言者既異，人心亦變。同一言文也，或則以爲先王之遺文，或則以爲事出於沈思，功歸乎翰藻之著作。……乃至論及具體名詞，亦復人各一說，如晚唐之稱，或則上包韓柳元白，或則以爲專指開成以後。逐步換形，所指頓異，自非博於始終之變者，鮮不爲所瞀亂。

詩話的內容既然分成論詩及「辭」和論詩及「事」兩大類，詩話的形式又源自筆記體，若推溯其淵源，就有兩條線索：一是前代詩歌理論批評的影響；一是前代筆記體的影響。爲了便於論述，我們需要確定一個大致的範圍。從時間的界限上說，詩話之名正式出現，始自北宋

〔註 12〕見清章學誠《文史通義・詩話》。
〔註 13〕見郭紹虞《宋詩話輯佚》序言。

中葉歐陽修的《六一詩話》。就形式而言，我國古代詩話著作的形式是多樣化的，除詩話外，還有許多詩學看法散見於序跋、書信、詩作、論文及選本中，形式上都與詩話有明顯的不同，如宋蔡正孫的《詩林廣記》，著眼於輯集詩評，可視爲詩話彙編。故《四庫全書總目》將之歸入「詩文評類」，指其「體例在總集詩話之間」。明高棅之《唐詩品彙》，雖也有少數評語，但著眼於選詩。故《四庫全書總目》將之歸入「總集類」。再者就內容而言，詩話必須以說詩爲中心。《四庫全書總目》把詩話列入「集部・詩文評類」；把筆記列入「子部・雜家類」。對於筆記中有關說詩的內容，已經輯出單行者，可以視爲詩話；尚未獨立單行者，則只能視作筆記。

二、詩話的源起

我國詩話的發端，可追溯到先秦時期，當時雖然沒有專門的論著，但散見於典籍中的論詩、評詩、談詩之語，已經帶有理論批評的性質。如清代何文煥在《歷代詩話》〔註14〕序言中所說：

> 詩話於何昉乎，賡歌〔註15〕記於《虞書》，六義詳於古《序》，孔孟論言，別申遠旨，《春秋》賦答，都屬斷章。

姜曾在《三家詩話》序言中說：

> 吳札觀樂〔註16〕，不廢美譏；子夏序詩，並無哀樂：即詩話之濫觴也。

秦大士在《龍性堂詩話》序言中說：

> 詩話之由來尚矣。「思無邪」，孔子之詩話也。「不以文害辭，不以辭害志」，孟子之詩話也。

〔註14〕何文煥，字也夫，嘉善（今浙江）人。生卒年不詳。《歷代詩話》書成於清乾隆三十五年（1770年），匯輯了南朝梁鍾嶸《詩品》至明代顧元慶《夷白齋詩話》共二十七種，按時代先後排列。

〔註15〕所謂「賡歌」，是指《尚書・虞書・皋陶謨》中關於舜帝作歌，皋陶賡和的記載。

〔註16〕「吳札觀樂」是指《春秋左氏傳》中所記襄公二十九年吳公子季札觀樂於魯，並對樂工演奏《詩經》各部份所作的批評此乃對《詩經》最早之評論。

其中最值得注意的，是孔、孟的論詩意見。孔子的「思無邪」說，提供評價詩歌內容的標準。孟子「不以文害辭，不以辭害志」道出了鑑賞詩歌的方法。他們所采用的語錄式文體和三言兩語道出詩學見解的方式，與後世詩話不無相通之處。

漢代出現了《離騷傳》、《毛詩序》一類專門論詩、論詩的著作。因此也有人把詩話的淵源推溯至漢代。如清代陸圻在爲毛先舒《詩辯詆》所作的序中說：

然則辯詩者何昉乎？語有之：「《國風》好色而不淫，《小雅》怨誹而不亂。」辯之始也。

其中「《國風》好色而不淫，《小雅》怨誹而不亂」是西漢淮南王劉安在《離騷傳》中評論《詩經》的話，不過此傳早佚，僅在《史記・屈原列傳》中留有部份記載。漢代最重要的詩學著作當推《毛詩序》，此序有大、小之分，《大序》論風、雅、頌之義；《小序》則是解說《詩經》裡詩歌的主旨及背景，頗類後世所說的詩歌本事。前引何文煥、姜曾所說的是《大序》，清朝汪沆替杭世駿《榕城詩話》所作的序言中，即認爲詩話源於《小序》〔註17〕。

與詩話關係更爲密切的是魏晉南北朝至唐五代的一些詩學專著和筆記小說，不論在理論批評或記事體例方面都爲詩話的產生開拓新局。如曹丕在《典論・論文》中對建安七子的品評；陸機《文賦》對藝術構思規則的描述；摯虞《文章流別論》中對各種文體特點、源流的探討；劉勰《文心雕龍》裡對文學理論全面且系統化的闡發；鍾嶸《詩品》對五言詩的研究等等，都對後世詩話產生相當大的影響。其中又以《詩品》所開創以品爲綱、以人爲目、逐一品評、自成系統的體制影響最大。如清代沈德潛在爲喬億《劍溪說詩》〔註18〕中所題之

〔註17〕汪沆曰：「予惟詩話之作，濫觴於卜氏《小序》，至鍾仲偉《詩品》出更一變其體。」

〔註18〕喬億《劍溪說詩》共二卷，《又編》一卷。卷上評詩經、楚辭，漢、魏、六朝、唐、宋歷代詩；卷下評古體、律詩、絕句諸體裁，又評詠史、詠物、題畫諸題材；其次評明、清詩人。《又編》雜評歷代詩，

詩道：

> 詩家品炙，始於鍾嶸，表聖（按：司空圖）承之，續者儀卿（按：嚴羽）。

章學誠在《文史通義·詩話》中也說：

> 詩話之源，本於鍾嶸《詩品》……。《詩品》之於論詩，視《文心雕龍》之於論文，皆專門名家，勒爲成書之初祖也。

何文煥編選《歷代詩選》時，也將《詩品》視爲詩話的開山祖師，可見其影響之大。

除文學批評的著作外，魏晉南北朝也是我國筆記小說開始形成的時期，其中最著名的就是南朝宋劉義慶編纂的《世說新語》。此書依照所記內容分成三十六門，其中「文學」、「任誕」、「排調」等門都有一些關於詩事、詩論的記載〔註 19〕。故也有人將是書視爲詩話之開端，如清代方世舉《蘭叢詩話序》中云：

> 晉謝大傅問兄子玄：「詩以何句爲佳？」玄舉「昔我往矣，楊柳依依」四語；太傅舉「訏謨定命，遠猷辰吉」二語。蓋各道其將相襟懷也。然已開詩話之端。

上段引文記載謝安叔姪論詩的情狀，筆調輕鬆、分則記事，無論從內容或形式上來看，都已相當接近後來的詩話。

唐代有關於詩歌理論的批評，多散見於各家別集和選本之中。如清代何文煥所編的《歷代詩話》，丁福保《歷代詩話續編》二書，收集了唐朝皎然的《詩式》、張爲的《詩人主客圖》、司空圖的《二十四品詩》、孟棨的《本事詩》、吳兢的《樂府古題要解》，及五代齊己的《風騷旨格》。可知唐代有許多獨立單行的詩論著作。也有人將它視爲詩話的濫觴，如清代余成教《石園詩話》〔註 20〕說：

以唐人爲主。論詩強調須有爲而作，最爲推崇李白、杜甫，每每以二人互相比較。書前有沈德潛序。

〔註 19〕如曹植賦七步詩、阮籍求爲步兵校尉、袁羊作詩調劉恢等，屬於軼事一類；謝安、謝玄論《詩經》佳句，王恭與其弟論古詩佳句，潘岳評夏侯湛作「周詩」等，則在事中兼及評論。

〔註 20〕《石園詩話》，二卷，清余成教著，余氏論詩主張含蓄、溫柔敦厚。

（唐）順宗時，僧皎然《杼山詩式》著偷語詩類，懿宗咸通時，張爲作《詩人主客圖》，此後人詩話詩派之所由濫觴也。

這其中値得我們特別注意的是《詩式》、《二十四詩品》和《本事詩》三者。茲分述如下：

皎然《詩式》，編定於唐德宗貞元五年（789 年），爲皎然晚年所作，今傳有一卷本及五卷本兩種。全書在卷一前、中及卷五前各有小序。卷一前半部份主要闡發詩歌理論和具體格法。卷一後半部及其他卷，分爲「五格」——不用事、作用事、直用事、有事無事、有事無事情格具下，並附舉前人詩作近五百則作爲實例。論詩重視「自然」，故以「不用事」爲第一。所謂「自然」並非指純粹天然，而是「至險而不僻，至奇而不差，至麗而自然，至苦而無跡」，經過精心錘鍊與構思進而昇華之人爲化境。

皎然論詩卓越之處在於提出「取境」〔註 21〕與「文外之旨」的概念。他將詩歌風格區分爲十九體——高、逸、貞、忠、節、志、氣、情、思、德、誡、閑、達、悲、怨、意、力、靜、遠。如論「情」爲「緣境不盡」，強調詩中情的蘊藉幽深；解「靜」爲「非如松風不動，林狖未鳴，乃謂意中之靜」；論「遠」則爲「非如渺渺望水，杳杳看山，乃謂意中之遠」。他強調「取境」決定了一首詩的整體藝術風格，取境「高」，全詩詩品也隨之而高；取境「逸」全詩品貌也隨之而逸。然取境的過程必須從「至難至險」起始，經過艱苦的藝術構思，最終達到「有似等閒不思而得」的境界。將「高」「逸」二體冠於眾體之首，表明他欣賞沖淡、閒適、超逸的詩風。

除取境高逸外，皎然認爲好的詩歌作品還必須具有「文外之旨」〔註 22〕。所謂「文外之旨」，指詩歌在表象的語言文字之外，間接傳

是書以時代先後爲序對有唐一代的詩歌作研究及評論。

〔註 21〕「境」本爲佛教概念，至中唐時，逐漸形成了以境言詩的風氣。

〔註 22〕皎然強調詩歌宜重「文外之旨」，除了受到魏晉玄學名士重意輕言主張的影響，也繼承劉勰「隱秀」之說。《文心雕龍・隱秀》：「隱也者，

達出深邃悠遠的內涵。他稱讚王粲〈七哀〉詩中的「南登霸陵岸，回首望長安」是「察思則已極，覽辭則不傷」，也就是說詩句的言辭表面並無傷感之意，但言辭之外卻透露出極深沈的憂思。評謝靈運詩句「池塘生春草」爲「情在言外」;「明月照積雪」爲「旨冥句中」。這樣的見解，不僅豐富了當時正臻於成熟的意境說，也爲晚唐司空圖、嚴羽一派詩論的先聲。

司空圖（837～908 年）的《二十四品詩》，一卷，亦簡稱《詩品》。所謂「品」，指的是詩歌的品類。與鍾嶸《詩品》中對詩人品評不同。司空圖將詩歌的風格意境區分爲二十四類〔註 23〕，每一類用十二句四言韻語加以描述，以詩的語言和詩的想像將各類風格意境呈現出來，就像一首首優美的寫景詩。例如解「典雅」云:「玉壺買春，賞雨茅屋，坐中佳士，左右修竹。白雲初晴，幽鳥相逐，眠琴綠蔭，上有飛瀑。落花無言，人淡如菊，書之歲華，其曰可讀。」此別具一格的論詩形式，爲後世不少人模仿，如清代袁枚有《續詩品》、顧翰《補詩品》、楊夔生的《續詞品》、許奉恩的《文品》等等，均受其霑溉。

司空圖論詩，強調「像外之像，景外之景」、「韻外之致」、「味外之旨」。如論「雄渾」曰:「超以象外，得其環中」，指出詩歌意境虛實相生的特點。論「縝密」道:「意象欲出，造化已奇」，強調詩歌應將情感與外物契合。論「含蓄」爲:「不著一字，盡得風流」，說明詩歌意境要能不落言詮、意境深遠、餘味無窮。對後來「興趣」說與「神韻」說影響甚大。

孟棨的《本事詩》，一卷，作於唐僖宗光啓年間（885～887 年）。全書分爲「情感、事感、高逸、怨憤、徵異、徵咎」七類，共四十一

文外之重旨也。」「隱以複意爲工」、「情在詞外曰隱」等。

〔註 23〕二十四類爲：雄渾、沖淡、纖穠、沈著、高古、典雅、洗煉、勁健、綺麗、自然、含蓄、豪放、精神、縝密、疏野、清奇、委曲、實境、悲慨、形容、超詣、飄逸、曠達、流動。

則，專門記述有關詩歌的本事。書前有序曰：

> 詩者，情動於中而形於言。故怨思悲愁，常多感慨。抒懷佳作，諷刺雅言，雖著於群書，盈廚溢閣，其間觸事興詠，尤所鍾情，不有發揮，孰明厥義？因采爲《本事詩》。

明白揭示作此書的目的是保存詩歌寫作的背景和動機，以便於後人賴以準確深入的把握詩作的意涵。其中除了「情感」類寫陳樂昌公主破鏡重圓一則，「嘲戲」類記錄宋武帝與顏延之、謝莊對答一則外，其餘皆爲唐代詩人的事蹟。如顧況得宮女梧葉題詩、劉禹錫兩遊玄都觀題詩等，均因此書的記載才得以流傳。又崔護題人面桃花詩一則，情節曲折刻畫細膩，與「傳奇」十分相近。雖然偶有失實之處，但廣爲收集之功不可沒。

《本事詩》以專錄詩人遺文軼事爲主，並不涉及詩歌理論批評，就性質而言應屬筆記小說，開宋代「論詩及事」一類詩話的先河。所以《四庫全書總目》也列入「詩文評」類。郭紹虞在《宋詩話輯佚》序言中則說：

> 唐人説詩之著多詩格與詩法，或則摘爲句圖，這些都與宋人詩話不同，只有孟棨的《本事詩》、范攄的《雲溪友議》之屬，用説部的筆調，述作者的本事，差與宋人詩話爲近。

由此可見，《本事詩》比起詩格、詩式與詩句圖，更接近宋代的詩話。

在詩話正式形成以前，我國古代的詩學傳統已經過了長期的發展，歸納起來不外乎此兩條發展線索：一是理論批評方面的影響，包含先秦著作中的論詩之語，以及《詩大序》、《詩品》、《詩式》、《二十四詩品》等論詩的篇章、著作。一是隨筆記事性質及體制方面的影響，從先秦著作中有關詩事的記述，《詩小序》、《世說新語》中關於詩人言談軼事的記述，到《本事詩》以及唐、宋著作中含有談詩內容的筆記小說。

第二節　風雅正變與詩體正變

「正變」論是中國詩話裡關於詩歌發展和流派興衰變化的論述，關涉到詩歌的發展是進化抑或退化、詩歌創作如何繼承與革新、以及詩歌藝術發展變化的緣由和根據等問題，是文學批評史的重要範疇。

「正」「變」之說，據朱自清在《詩言志辨》一書可分爲「風雅正變」與「詩體正變」二類，茲分述如下：

一、風雅正變

傳統儒家詩論就十分重視詩、樂對時代的反映。孔子說詩「可以觀」，認爲透過詩、樂可知風俗厚薄與政治得失。在《禮記・樂記》說：

> 治世之音安以樂，其政和；亂世之音怨以怒，其政乖；亡國之音哀以思，其民困。聲音之道，與政通矣。

《詩大序》則進一步說：

> 至於王道衰、禮義廢、政教失、國異政、家殊俗，而變風變雅作矣。

此爲風雅正變說之濫觴。詩作的內容反映出時代政治的興衰隆污，王道昌盛，所產生的作品是正，反之則變。其後鄭玄繼承此說，在《詩譜序》中以「正詩」與「變詩」將《詩經》劃分爲兩個階段，其一爲：

> 周自后稷播種百穀，……文、武之德，光熙前緒，以集大命於厥身，遂爲天下父母，使民有政有居。其時詩，風有〈周南〉、〈召南〉，雅有〈鹿鳴〉、〈文王〉之屬。及成王、周公致太平，制禮作樂，而有頌聲興焉，盛之至也。

「周自后稷播種百穀」至「成王、周公致太平」這一段時期間內的政治清明、天下太平，故尊此時期之風、雅、頌詩爲「詩之正經」。其二爲：

> 王稍更陵遲，懿王始受譖亨齊哀公，夷身失禮，之後邶不

> 尊賢。自是而下，厲也、幽也，政教尤衰，周室大壞，〈十月之交〉、〈民勞〉、〈板〉、〈蕩〉，勃爾俱作，眾國紛然，刺怨相尋。五霸之末，上無天子，下無方伯，善者誰賞？惡者誰罰？紀綱絕矣。故孔子錄懿王、夷王時詩，迄於陳靈公淫亂之事。

自「懿王始受譖齊亨公」至「陳靈公淫亂之事」這一段時期政教衰微、綱紀絕斷，所作之詩即爲變風變雅。除了《詩經》，孟子也有「亡者之跡熄而詩亡」之說。古代的「采詩說」就是建立在這種基礎之上，班固《漢書・藝文志》說：

> 書曰：「詩言志，歌詠言」。故哀樂之心感，而歌詠之聲發。誦其言謂之詩，詠其聲謂之歌。故古有采詩之官，王者所以觀風俗、知得失，自考正也。

透過采詩以及觀察的方式，將社會政治的變化與詩歌聯繫起來，在最初的時候並不是以詩歌本身爲研究重點，其目的在於助王教、正得失。但以正變言詩，卻拓寬了詩歌創作的領域。時代變化，詩的內容也跟著改變；但變而不失其正，因爲變詩中隱含的刺怨之情，仍有正人心、端世教的功用。但《詩大序》這種「變」的觀念及規範，帶來了一些較爲特殊的現象，就是即使文學作品要創新，也要冠以「復古」的頭銜。如唐代韓愈、柳宗元和明前後七子的復古運動，不論是載道或明道，以復古爲通變之一環，「達於事變而懷其舊俗」終究佔有一定的地位。

除了采詩與反應時代正變之說，朱自清在《詩言志辨》一書中還指出，五行家所謂的「詩妖」對於詩正變說是最有力的直接影響。他舉出劉向《洪範・五行傳》〔註24〕中的一段文字說：

> 言之不從，是謂不艾。厥咎僭，厥罰恆陽，厥極憂。時則有詩妖。……

《漢書・五行志》裡解釋道：

> 《詩》云：「如蜩如螗，如沸如羹」，言上號令不順民心，

〔註24〕本段文字出自於《漢書》二十七中之上〈五行志〉。

> 虛譁憒亂，則不能治海內。失在過差，故其咎僭，僭，差也。刑罰妄加，群陰不附，則陽氣勝，故其罰常陽也。旱傷百穀，則有寇難，上下俱憂，故其極憂也。君炕陽而暴虐，臣畏刑而拑口，則怨謗之氣發於歌謠，故有詩妖。

另外在《開元占經》一一三卷〈童謠〉也引《洪範・五行傳》云：

> 下既非君之刑，畏嚴刑而不敢正言，則北發於歌謠，歌其事也。氣逆則惡言至，或有怪謠，以此占之。故曰詩妖。

所謂「氣逆」即是「逆氣」，指的是「惰慢邪辟之氣」〔註 25〕。上段「氣逆生惡言」的說法指民間歌謠，尤其是發洩謗怨之氣的怪謠。而古代歌謠也是詩，故詩也有發洩謗怨之氣的作用，這種詩即是所謂的「刺詩」。依據《毛詩小序》的說法，刺詩的數量多於美詩（刺詩 129 篇，美詩 28 篇），所以變風變雅也比風雅正經多得多。

魏晉時期摯虞《文章流別論》中提出「質文時異」的特徵；葛洪《抱朴子・鈞世》中也提過「時移世改，理自然也」的文學發展觀；劉勰《文心雕龍・時序》中也將詩賦的發展情況與時代風尚聯繫起來，他說：「文變染乎世情，興廢繫乎時序，原始以要終，雖百世可知也。」清初與葉燮同時之汪琬在《唐詩正序》中則是強調「以其時，非以其人」論詩之「正變」，他說：

> 詩風雅之有正變也，蓋自毛、鄭之學始。成周之初，雖在途歌巷謠而皆得列於「正」。幽、厲以還，舉凡出於諸侯、夫人、公卿大夫閔是病俗之所爲，而莫不以變名之。正變云云，以其時，非以其人也。……觀乎詩之正變，而其時之廢興治亂、污隆得喪之數可得而鑒也。史家傳志五行，恆取其變之甚者以爲詩妖詩孽、言之不從之證。故聖人必用溫柔敦厚爲教，豈偶然哉？

又說：

> 當其盛也，人主勵精於上，宰臣百執趨事盡言於下，政清

〔註 25〕《樂記》說到逆氣，接著說「君子……惰慢邪辟之氣不設於身體」。孔穎達《疏》以「逆氣」爲「姦邪之氣」；劉向以逆氣爲「怨謗之氣」。

刑簡，人氣和平。故其發之於詩率皆從容而爾雅。讀者以爲正，而作者不自知其正也。及其既衰，在朝則朋黨之相訐，在野則戎馬之交訌，政繁刑苛，人氣愁苦。故其所發又皆哀思促節者爲多，最下則浮且靡矣。雖有賢人君子，亦嘗博大其學，掀決其氣，以求篇什之昌，而卒不能進及於前。讀者以爲變，作者亦不自知其變也。

汪琬論詩之正變，著眼於「時」；時正而詩正，時變詩亦變；文學是反映時代的，但「溫柔敦厚」的詩教並不因爲變風變雅而減少其價值。汪氏提出「讀者以爲正，而作者不自知其正也」及「讀者以爲變，作者亦不自知其變也」的主張，其正變說便不專爲解詩，而兼有評詩的功用了。

鄭玄以正變論詩時，風雅正變說原來只是爲了「解詩」，不是爲了「評詩」。評論詩作工拙的風氣到了建安時代才開始，其後並與「通變」說相結合。

二、詩體正變

風雅正變的「變」，指的是「政教衰」、「紀剛絕」，指的是時世由盛變衰，與易經繫辭傳中談通變的哲學並不相同。《易經・繫辭傳》道：「易窮則變，變則通，通則久。」又道：「通變莫大乎四時。」荀爽注：「四時相變，終而復始也。」通與變是相連的，通才能久，久才能無窮，是一種循環。

魏晉南朝時文學漸漸獨立，詩歌開始由反應政治興衰等正變問題，轉而研究文學本身的「變化」。如：曹丕《典論・論文》：「文本同而末異」，已注意到文體各種不同的變異。陸機《文賦》：「體有萬殊，物無一量」，是就文章體制、風格不同而言。摯虞《文章流別論》則追溯頌、賦、詩、七發、箴、銘等各種文體的古今沿革及文辭異變。沈約《宋書・謝靈運傳論》，利用前人聲韻研究的成果，提出詩歌的音律原則有：「低昂互節」、「音韻盡殊」、「輕重悉異」。蕭子顯《南齊書・文學傳論》則提出文章「新變代雄」、「朱藍共妍，不相祖述」的創新問題。鍾嶸《詩品》序探討五言所以代四言而興之因，而有「滋味」之說，開始接觸探討文學的本質問題。劉勰《文心雕龍・通變》，則會通魏晉以來文體、文辭、音韻，創新、繼承的問題，而提出「質故實，酌新聲」、「望今制奇，參古定法」的「通變」觀。

此一時期就文學自身的發展已經偏向純文學的思考，一般而言可分爲三種看法：一是裴子野〈雕蟲論〉〔註 26〕及摯虞〈文章流別論〉的「崇古」之說；二是葛洪《抱朴子・鈞世篇》〔註 27〕及蕭統〈文選序〉〔註 28〕中「趨新」的觀點；三爲劉勰的「通變」史觀。「崇古」論者以語言形式古樸，內容合乎「道」者才有價值；「趨新」論者重形式之創新。二者大抵是由文（形式）與質（內容）的價值爭論所衍生的。而劉勰的通變史觀，認爲古與新是一種辯證的發展，如《文心雕龍・通變》：「夫設文之體有常，變文之數無方，……名理相因，此有常之體；文辭氣力，通變則久，此無方之數也。名理有常，體必資於故實，通變無方，數必酌於新聲。」若從文學的角度視之，劉勰說：「自風雅寢聲，莫或抽緒，奇文鬱起，其離騷哉！」〔註 29〕「風雅寢聲」寫出我國古代文學發展的重要關鍵，具有雙重意義：其一是王跡之熄；其二爲「離騷鬱起」，以「奇」爲特質，上承詩經之變，下起辭賦而位居正宗，成爲文學演變的肇端。其次在〈時序〉中「時運交移，質文代變，古今情理，如可言乎？」所言，則是歸結出文學是反應現實生活的，社會不斷改變，文學作品必然也有新的發展與

〔註 26〕裴子野針對六朝藻飾之風，以爲古代「四始六藝，總而爲詩，既形四方之風，且彰君子之志，勸美懲惡，王化本焉」；而當代則是「遂聲逐影之儔，棄指歸而無執」、「無被於管絃，非止乎禮義。」

〔註 27〕葛洪〈鈞世篇〉中云：「尚書者，政事之集也，然未若近代之優文詔策軍書奏議之清富贍麗也。毛詩者，華采之辭也，然不及上林、羽獵、二京、二都之汪濊博富也。」

〔註 28〕蕭統在〈文選序〉中說：「若夫推輪爲大輅之始，大輅寧有椎輪之質？增冰爲積水所成，積水曾爲增冰之凜，何哉？蓋踵其事而增華，使其本而加厲；物既有之，文亦宜然。」

〔註 29〕見《文心雕龍・辨騷》。

變化。

雖然劉勰還有〈徵聖〉、〈宗經〉等篇，讓人容易誤會其通變爲復古，在整個變的過程中，有一些原則是不變的，如「序志述時」。所謂「通」是繼承，「變」是創新，強調的是「變則其久，通則不乏」的觀念。

從隋唐至明清，在通與變的問題上，曾出現過兩種傾向。一是唐朝初年講求創新反對齊梁文風的態度，如王通、王勃等；另一則是中唐之後直至明代初期前後七子所倡「文必秦漢、詩必盛唐」的復古主義。明代中葉之後，李贄、公安三袁、王夫之、葉燮等人，闡明了文學隨時代變化之理，如袁宏道在《雪濤閣集序》云：「夫古有古之時，今有今之時，襲古人語言之跡而冒以爲古，是處嚴冬而襲夏之葛者也。」除了時有變而詩因之，每個作家因個性、氣質、思想、情感之不同，抒寫的文學作品必然也有屬於自己的特點，不必因襲古人，以古爲尙；但也不可將前人的成果全然抹煞，因爲繼承和創新是一體的兩面，創新必須在前人的成果中發展，如《詩經》中的「怨」是其十分特出之處，而《楚辭》正是在這一方面做更進一步的發揮。

詩話理論體系中的「正變」論，結合了《詩大序》的「風雅正變」說和南朝劉勰《文心雕龍》的「通變說」。所謂「正」，就是詩的正統、正宗；所謂「變」，就是詩歌的發展流變、因革沿創。在我國文學史上，向有所謂「文學進化論」與「文學退化論」之辯。劉勰所提出的：「文變染乎世情，興廢繫乎時序」〔註30〕、「時運交移，質文代變」；以及〈物色〉中提出「通變」的論點，認爲文學的發展應該在通中求變，變又不離通。就是屬於文學進化論的範圍。

至於文學退化論方面，宋朝張戒《歲寒堂詩話》中引鄒德久之語說：「一代不如一代，天地風氣生物，只如此耳。」這是中國詩話中

〔註30〕見《文心雕龍・時序》。

最早提出文學退化的觀點。到了明朝，詩話家探討中國詩歌發展演變的歷史軌跡及規律時，謝榛《四溟詩話》曾提出「文隨世變」的觀點；胡應麟《詩藪》也明確提出了「詩之體以代變」〔註 31〕的說法。其意爲詩歌的體制和格調，隨著時代的變化而變化，不同的時代，會有不同的詩歌體制和格調。他在〈內篇〉卷一中說：

> 四言變而離騷，離騷變而五言，五言變而七言，七言變而律詩，律詩變而絕句，詩之體以代變也。三百篇降而騷，騷降而漢，……六朝降而三唐，詩之格以代降也。

早在李東陽的《懷麓堂詩話》中已有時代格調之說，其「格」指詩歌的體制風格，「調」指詩歌的聲調。胡應麟在前人的基礎上，進一步發揮使之涵蓋面更廣，但他們強調如欲學詩，入門須正，取法要高，最後都歸結到盛唐和李白、杜甫，以盛唐的體制最爲完善。終究不免走上與明七子相同的「復古」之路。但其理論「體以代變，格以代降」之說，影響甚大。如近代王國維、章太炎也都重複了「代變」、「代降」的觀點。王國維《人間詞話》中有言：

> 四言敝而有楚辭，楚辭敝而有五言，五言敝而有七言，古詩敝而有律絕，律絕敝而有詞。蓋文體通行既久，染指遂多，自成習套。豪傑之士，亦難於中自出新意，故遁而作他體，以自解脱。

此段文字似脫胎自胡應麟，王氏則更強調一切文體始盛終衰，皆由於此。

明代另有許學夷《詩源辨體》一書，把變分爲「正變」與「大變」兩種，正變指不離正宗的局部變化，大變則是完全獨出一格，脫離正宗的新變。他說：

> 律詩由盛唐變至錢、劉，由錢、劉變至柳宗元、許渾、韋莊、鄭谷、李山甫、羅隱，皆自一源流出，體雖漸降，而

〔註 31〕胡應麟《詩藪》中云：「三百篇降而騷，騷降而漢、漢降而魏，魏降而六朝，六朝降而唐。」雖然詩之體因朝代而變，卻愈便愈壞，故其主張「取法欲遠」。

調實相承，故爲正變。古詩若元和諸子則寓怪於奇，其派各出，而不與李、杜、高、岑諸子同源，故爲大變。

許氏以「大變」的眼光看宋詩，故其言又曰：

宋人五七言古詩出於樂天者爲多，其構設奇巧，快心露骨，實爲大變，而高才之士每多好之者，蓋以其縱恣變幻。機趣靈活，得以肆意自騁耳。

宋主變，不主正，古詩歌行滑稽議論是其所長，其變無窮，凌跨一代，正在於此。或欲以論唐詩者論宋，正猶求中庸之言於釋、老，未可與語釋、老也。

儘管他尚未擺脫前後七子的復古觀念，以及胡應麟的影響，但其突出之處在於他能將文學置於歷史流變之中，因應時代變化，強調評論鑑賞詩歌的標準亦當隨之變化。

第三節　「正變」觀與「通變」觀的分合

「正變」說首見於〈詩大序〉，基本上屬於文學史的觀念，因此它所關切的是文學與時代的關係。「正」，指的是太平盛世；「變」，指的是時勢由盛轉衰，政教綱紀壞亂，故反應亂世之詩稱之爲變風變雅。但文學亦並非單純描述記錄時代，而應負起批判時代的功能，故〈詩大序〉又云：「國史明乎得失之跡、傷人倫之廢、哀刑政之苛，吟詠情性以風其上，達於事變而懷其舊俗者也」。

摯虞在《文章流別論》〔註 32〕中指出文學創作中「質文時異」的特徵，關於詩，他說：

書云：「詩言志，歌詠言」，言其志爲之詩。……古詩率以四言爲體，而時有一句二句雜在四言之間，後世演之，遂以爲篇。……夫師雖以情志爲本，而以成聲爲節。然則雅音之韻，四言爲正；其餘雖備曲折之體，而非音之正也。

〔註 32〕摯虞（？～311 年），字仲洽，京兆長安人。歷官至光錄勛，太常卿。原有《文章流別集》三十卷，今已亡佚。今存尚有〈文章流別論〉，本儒家詩教和言志觀點，闡述詩賦流變。

認爲詩的根本在於「言志」，但它必須通過形、聲表現出來。摯虞以爲四言爲正，其它三、五、六、七、九言皆非音之正。從「言志」的內容及四言的體制上肯定詩三百的權威與典範，明顯可見其貴古賤今的復古觀。其所謂「正」，是透過「言志」與「四言」的表現顯示。

葛洪在《抱朴子》一書中，對於崇古賤今、貴遠賤今之說極力反對。以爲文學的發展應是「時移世改，理自然也」，他說：

> 貴遠而賤近者，常人之用情也；信耳而疑目者，古今之所患也。〔註33〕

> 俗士多云今山不及古山之高，今海不及古海之廣，今日不及古日之熱，今月不及古月之朗；何肯許今之才士，不減古之朽骨？重所聞，輕所見，非一世之所患也矣。〔註34〕

將詩文與時代發展聯繫起來，認爲詩歌由古之質樸，而至雕飾華麗，這是很正常的發展。直到劉勰《文心雕龍‧通變》中談到詩賦的發展流變時說：

> 黃唐淳而質，虞夏質而辨，商周麗而雅，楚漢侈而豔，魏晉淺而綺，宋初訛而新。從質及訛，彌近彌澹。何則？競今疏古，風末氣衰也。

文辭由簡陋而日趨繁縟，由質樸而日趨華采，這是一種演進，是不得不變的。劉勰認爲當時的文弊就是「競今疏古」，只知追求新奇，而不能斷承傳統，如〈明詩〉中所說：「儷采百字之偶，爭價一句之奇，情必極貌以寫物，辭必窮力而追新，此近世之所競也。」因而內容缺乏骨力，所以「風末氣衰也」。就當時「競今疏古」的風氣，清代紀昀所評《文心雕龍‧通變》中有一段註解，說明「新變」、「通變」的不同。他說：

> 齊梁間風氣綺靡，轉相神聖，文士所作，如出一手，故彥和以通變立論。然求新於俗尚之中，則小智師心，轉成纖

〔註33〕見葛洪《抱朴子‧廣譬》。
〔註34〕見葛洪《抱朴子‧鈞世》。

仄，明之竟陵公安，是其明徵，故挽其返而求之古。蓋當代之新聲，既無非濫調，則古人之舊式轉屬新聲。復古而名以通變，蓋以此爾。

當時所謂「新變」，即是「求新於俗尚之中」。所謂因變得盛，或因變得衰，其實就是通變和新變的分別：通變則因變得盛，新變則因變得衰。

在〈時序〉中，劉勰提出「十代九變」的說法：「蔚映十代，辭采九變」。何謂十代九變？

唐虞詩歌由質樸到心樂聲泰；三代從詠歌頌德變到刺淫譏過；是一變。戰國煒燁奇意，出縱橫詭俗；是二變。西漢祖述楚辭，創立漢賦；三變。東漢漸靡儒風，趨向淺陋；四變。建安慷慨多氣；五變。正始篇體輕淡；六變。西晉結藻清英，流韻綺靡；七變。東晉玄風大扇，辭意夷泰；八變。宋代英采云構，九變。〔註35〕

十代九變不侷限於時代，還兼顧到文學演變。根據上述十代九變的分法，可以看出劉勰講文學史觀有二：一是十代的文學有九種變化。如唐堯虞舜時代，政治清明，民風純樸，因此當時詩歌也樸質無華。可是到了周幽王、厲王及平王時代，由於政治昏昧衰微，因而詩歌也表現出「怒」、「哀」的情緒。二是推求文學演變的原因，主要原因是「文變染乎世情，興廢繫乎時序」，「世情」與「時序」造成了文學的演變。此與〈詩大序〉中所談「至王道衰，禮義廢，政教失，國異政，家殊俗，而變風變雅作矣」的風雅正變之說有相合之處。

劉勰以爲一定的文體具有一定的規律，即所謂「有常之體」；但每個作家可以根據自己的稟性、氣質和才力，吸收傳統文學，開創新局。他說：

夫設文之體有常，變文之體無方，何以明其然耶？凡詩賦書記，名理相因，此有常之體也；文辭氣力，通變則久，此無方之數也。名理有常，體必資於故實；通變無方，數

〔註35〕見周振甫《文心雕龍注釋》，台北：里仁書局，1994年，頁704。

必酌於新聲。

在文學發展的過程中，「通」是繼承傳統，「變」是開創新局。但要如何做到「通變」呢？劉勰提出：

故練青濯絳，必歸藍茜，矯訛翻淺，還宗經誥；斯斟酌乎質文之間，而檃括乎雅俗之際，可與言通變矣。……贊曰：文律運周，日新其業。變則其久，通則不乏。趨時必果，乘機無怯。望今制奇，參古定法。

劉勰肯定文學的發展創新，但強調「望今制奇」的同時，還強調要「參古定法」，在繼承傳統的基礎上發展變化，有所創新，必須做到通中求變，而變不失通。這就是劉勰所說的「參伍因革，通變之數也」。

明代屠隆、李贄、焦竑及公安三袁等人，針對前後七子的「復古論」，提出了文學發展觀——勢，認爲文學隨時代發展之勢而發展，如「古之不能爲今者也，勢也」；而「今之不必摹古者也，亦勢也」〔註 36〕。時代變，文章則有「必變之勢」；而此種變，不是一代不如一代，而是一代盛一代。其後，陳懋仁《藕居士詩話》、朱承爵《存餘堂詩話》、顧元慶《夷白齋詩話》、江盈科《雪濤詩評》、茅元儀《藝活甲編》、陸時雍《詩鏡總論》等，亦多力主公安三袁之說，在尋源流、考正變方面，有助於中國詩史及詩歌流派興衰演變規律的研究和探索。

明代高棅在《唐詩品彙》一書中即分正始、正宗、大家、名家、羽翼、接武、正變、餘響等目，但此種分類過於繁瑣，名實也往往難以確當。故許學夷稱之爲「序正變而屢淆」，故下定以「推尋源流，考其正變」爲首務，並參酌胡應麟「體以代變，格以代降」之詩歌發展觀，李東陽「時代格調」說，推衍擴展，將書名定爲《詩源辨體》。強調論詩作詩的人應先藉由推尋詩歌源流、考察其正變來認識詩歌。他說：

〔註 36〕見袁宏道《與江進之》。

詩自三百篇以迄於唐，其源流可尋而正變可考也。學者審其源流，識其正變，始可與言詩矣。古今說詩者無慮數百家，然實悟者少，疑似者多。

他又說：

古詩以漢、魏爲正，六朝、太康、元嘉、永明爲變，至梁、陳而古詩盡亡；律詩以初、盛唐爲正，大歷、元和、開成爲變，至唐末而律詩盡敝。

此後他又增補了兩卷，專門討論宋詩與明詩之變，規模之宏大，所涉及詩人之眾，所論作品之多，均超越前人。

「正變」與「通變」觀點，在明末清初時混同的現象更爲明顯。如黃宗羲談「正變」問題，並針對「正變」的價值，在不違背毛詩序的說法中，進一步申明：

然則云正變者，亦言其詩耳，初不關于作詩之有優劣也。美而非諂，刺而非，怨而非憤，哀而非私，何不正之有？〔註 37〕

清代，詩話進入發展的黃金時期。葉燮針對復古派的文學理論，提出文學發展是「因時遞變」，日新月異的。在《原詩》內篇裡，他以文學進化的觀點評論作品，對待任何事物，都必須抱持著「變」的眼光結合實際情況，政治措施也是如此。他說：

夫古今時會不同，即政令尚有因時而變通之，若膠固不變，則新莽之行周禮矣。

又說：

蓋自有天地以來，古今世運氣數，遞變遷以相禪。古云：「天道十年一變。」此理也，亦勢也，無事無物不然，寧獨詩之一道膠固而不變乎？〔註 38〕

葉燮論文學的演變，謂一代有一代之正變，一時有一時之盛衰，各時代有其特色與大家，故不必於時代家數上妄分軒輊。

除此之外，袁宏道在《雪濤閣集序》中說：「古之不能不古而今

〔註 37〕見〈陳葦庵年伯詩序〉。
〔註 38〕參見《原詩》內篇上。

也，時使之也。」又在〈與江進之書〉亦云：「古不可優，後不可劣。」吳喬《圍爐詩話》卷二中也說：「詩道不出乎變復。變謂變古，復爲復古。變乃能復，賦乃能變，非二道也。」這些見解都和葉燮的看法有相似之處，後來王國維《人間詞話》卷上亦有：「文體通行既久，染指遂多，自成習套，豪傑之士亦難於其中自出新意，故遁而作他體以自解脱。一切文體之所以始盛終衰者，皆由於此。」這些都與葉燮的詩學主張相近，亦可互爲註腳。

在中國詩歌史上，提倡復古論者亦有「正變」之說，如與葉燮同時的汪琬說：

> 《詩》，風雅之有正變也。蓋自毛、鄭之學始。成周之初，雖以途歌巷謠而皆得於正，幽、厲以凡，舉凡諸侯、大人、公卿、大夫閔世病俗之所爲，而莫不以變名之。正變之云以其時，非以其人也。

又說：

> 觀夫詩之正變，而其時之廢興、治亂、污隆、得失之教，可得而鑒也。……故聖人必用溫柔敦厚爲教，豈苟然哉。吾嘗由是說以讀唐詩，有唐三百年間，能者相繼，貞觀永徽諸詩，正之盛也，然而李杜兩家並起角立，或出於豪俊不羈，或趨於沈著感憤，正矣有變者存；降而大曆以訖元和貞元之際，典型具在，猶不失承平故風，庶幾乎變而不失正者與？自是之後，其辭漸繁，其聲漸細，而唐遂陵夸以底於亡，說者蓋比諸鄶曹無譏焉。凡此皆時爲之也。

然而汪琬所說的正變，謹守〈詩大序〉之說，把詩歌發展比附在時事政治的盛衰興亡之上，認爲時正詩亦正，時變詩亦變，故以其時而不以其人。葉燮對此說不表贊同，在〈汪文摘謬〉中批評道：

> 昔夫子刪詩，未聞有正變之分，自漢儒紛紜之說起，而詩始分正變。……又言正變之云，以其時，非以其人，是似也。然斯言也，就時以言時，而言周之時之詩則可，自周以後，則以其時之一言，有斷斷不然者，何也？三百篇之後，群然推爲五言之祖而奉以爲正者，必曰漢之建安，彼

> 其時何時也？權奸竊國，賊弒帝后，蘇氏有云鬼亦欲唾其面，而詩家稱曹氏父子爲詩典型。同時王粲等七子又皆僞朝之私人，稱功頌德，不遺餘力。其時正耶變耶？其詩正耶變耶？自是以降，六朝淫靡不足論，自唐三百年詩，有初盛中晚之分，論者皆以初盛爲詩之正，中晚爲詩之變，所謂以時云云。然就初而論，在貞觀則時之正，而詩不能反陳隋之變；永徽之後，武氏篡唐，爲開闢以來未有之奇變，其時作者，如沈宋陳杜諸人之詩，爲正爲變耶？……正變之說加之於三百篇，已非吾夫子本旨，而欲踵其說於三百篇之後，妄爲配合支離，論時論詩，昔爲陳腐之談，何異聾者審音、瞽者辨色，徒自爲囈語也。

這些見解不但能建立自己的理論系統，而且可以駁倒對方的主張。汪琬言正變，拘限在詩序的說法，因而滯礙難通；葉燮能通古今以觀之，「察其源流，識其升降」，體認變有「時變而詩因之」與「詩變而時隨之」，足資論證詩之正變，不應以時代作區分，重要的還是在體裁、內容等詩的內在特質。

綜上所述，兩漢及兩漢前的「正變」觀，偏向文學內容與政治社會關係的融合；後來發展成爲南朝的「通變」觀；偏向文學形式和文學本質的理解。南朝之後，唐、宋、元、明在這兩大基礎上繼續發展。其中較著名的，如談風、雅、比、興的陳、李、元、白，談文以載道的韓、柳、歐、曾，諸人雖不以「正變」名之，但其文學實即「正變」觀所概括的反映政治、社會等詩教觀念。又如詳述變古與復古之異的皎然，說晚唐爲正變的高棲；談「尺寸古法」、「捨筏登岸」有關於復古與創新之李夢陽、何景明；談「衰中有盛，盛中有衰」的王世貞；談「詩體代變」「不得不變」的胡應麟，皆曾就文學的形式、風格、創變等問題發論，這些皆由「通變」觀一系發展而來。

第四章　葉燮詩學正變之原理論

葉燮將著作取名《原詩》，顧名思義，其論詩宗旨有推明詩歌本原之意。全書內容「內篇標宗旨也，外篇肆博辨也，非以詩言詩也。」〔註 1〕所謂「標宗旨」就是闡述詩歌的源流本末、沿革因創、正變盛衰之理；所謂「肆博辨」，是指運用具體的鑑賞批評來證明其論詩宗旨與詩學主張。故其寫作方式有二：「剖析而縷分之，又兼綜而條貫之」〔註 2〕。以《原詩》內篇上下二卷爲例，其理論推展的次序大致如下：

1. 提出詩之源流、本末、正變、盛衰作爲總綱。
2. 舉例說明詩之變，理也，亦勢也。
3. 詩的原則：於情、事、景、理中隨在有得，不戾乎風人永言之旨。
4. 論正變盛衰，並舉例說明歷代作家之變。
5. 批評明代及近人模擬剽竊之弊，主張詩人須卓然自命。
6. 提出才、膽、識、力四者詩人主觀因素，並論胸襟。
7. 論從學習至獨創的過程，其道在善於變化。
8. 討論理、事、情客觀萬物之三要素。

〔註 1〕沈珩在《原詩》序中語。
〔註 2〕見《原詩》內篇上。

9. 論法，作詩有活法與死法之別。

10. 批評近世宗遠斥近，排變崇正之習。

11. 說明古今詩學相繼相承，不可執源忘流或得流忘源。

《外篇》以批評作家爲主，全無設問，頗類傳統詩話。但批評觀點與內篇呼應，最後歸結在理、事、情三要素中。

葉燮作《原詩》，除欲建立自己的詩話理論體系外，另一個重要因素是不贊同明代前後七子所提出「文必秦漢，詩五言古必建安、黃初，其餘各體必初盛唐」的復古論調〔註3〕。是書一開始就說：

> 詩之質文、體裁、格律、聲調、辭句，遞升降不同。而要之，詩有源必有流，有本必達末；又有因流而溯源，循末以返本。其學無窮，其理日出。

這裡的「源流本末」牽涉到兩方面，一爲詩歌的歷史發展，另一則是詩歌的產生與現實生活的關係。前者葉燮以「正變」來說明，後者則散見在其分析詩之本原、創作與批評論之中。綜觀全書，「正變論」實爲葉燮詩學理論的核心。

第一節　詩的本質與特性

葉燮認爲構成詩歌的因素有二，其一爲主觀因素，指的是詩人的「才、膽、識、力」，此乃詩人之本（按：筆者將此一部份歸列於詩的創作論，詳細論述請參見第五章）；其二爲客觀因素，指自然界萬事萬物的「理、事、情」，此乃詩之本。他說：

> 曰理曰事曰情，此三言者足以窮盡萬有之變態，凡形形色色，音聲狀貌，舉不能越乎此。此舉在物者而爲言，而無一物之或能去此者也。曰才曰膽曰事曰力，此四者所以窮盡此心之神明，凡形形色色，音聲狀貌，無不待於此而爲之發宣昭著。此舉在我者而爲言，而無一不如此心以出之

〔註3〕在《原詩》內篇上有：「乃近代論詩者，則曰：三百篇尚矣；五言必建安、黃初，其餘諸體必唐之初盛而後可。」葉燮對此做了批駁。

者也。以在我之四，衡在物之三，合而爲作者之文章。大之經緯天地，細而一動一植，詠歎謳吟，俱不能離是而爲言者矣。〔註4〕

從這段話來看，「理」，就是事物運動的規律；「事」，就是事物運動的過程；「情」，就是事物運動的情狀與自得之趣。其中又以「理」最爲關鍵，他說：「理者與道爲體，事與情總實乎其中，惟昭其理，乃能出之以成文。」〔註5〕「理」與「道」爲體，「事」與「情」爲用，三者合而爲文章。

除理事情三者之外，葉燮提出「氣」〔註6〕的概念，他認爲萬事萬物的本體與生命就是自然流行之氣。所謂「氣」，就是生命力，這股生命力充塞於宇宙之間，絪縕磅礴爲天地萬象之至文。故理事情三者之所爲用，是氣之爲用。如草木因爲氣得運作而呈現出理事情：

合抱之木，百尺干霄，纖葉微柯以萬計，同時而發，無有絲毫異同，是氣之爲也。苟斷其根，則氣盡而立萎。此時理、事、情俱無從施矣……。吾故曰：「三者藉氣而行者也。」……草木氣斷則立萎，理事情俱隨之而盡，固也。雖然氣斷則氣無矣，而理、事、情依然在也，何也？草木氣斷則立萎，是理也；萎則成枯木，其事也；枯木豈無形狀、向背、高低、上下？則其情也。

同樣的，人爲創作的客觀因素（理、事、情）見之於「氣」所造成的自然之文；主觀因素（才、膽、識、力）則見之於「氣」所造成的人爲之文。「氣」結合二者之後，又歷經觸興等過程，才具體表現在詩句之中。他說：

曰理曰事曰情三語，大而乾坤以之定位，日月以之運行，以至一草一木一飛一走，三者缺一則不成物。文章者，所

〔註4〕見《原詩》內篇下。
〔註5〕見《已畦文集》卷十三〈與友人論文書〉。
〔註6〕「氣」的說法，乃承襲王充到王廷相一脈相承的元氣自然思想。

以表天地萬物之情狀也。然具是三者，又有總而持之，條而貫之者，曰氣。事理情之所爲用，氣之爲用也。〔註7〕

理事情三者借氣而行，「無一不如此心以出之」，天地間的形形色色、音聲狀貌，皆不能逾越理事情三者之外，氣鼓行其間，又有待於詩人的才膽識力爲之發宣昭著，從自然之文落實而成人文之文，由詩的內容進而窺見詩人的才膽識力。

但若過分強調理，則會把詩寫得「非板即腐」，反而扼殺了詩的藝術生命，因此葉燮又說其「理」是指「名言所絕之理」。因爲「詩之至處，妙在含蓄無垠，思致微渺，其寄託在可言不可言之間，其指歸在可解不可解之會」〔註8〕。而其特徵則是「呈於象，感於目，會於心。意中之言，而口不能言；口能言之，而意又不可解。」〔註9〕強調「理」並非詩人與情景之間以單純的形式技巧表現出來，而是交融之後所創造出來的意境。以杜甫〈夔州雨濕不得上岸〉詩中「晨鐘雲外濕」一句爲例，說明依常理鐘聲入耳只能辨其聲，而不能辨其濕，因此一般作詩之人絕不可能下此「濕」字，「不知其於隔雲見鐘，聲中聞濕，妙悟天開，從至理實事中領悟，乃得此境界也。」他所揭示的實際上是文學藝術中特有的形象思維。

尋流溯源，「氣」所包含範圍很廣，是中國古代哲學用以表示萬物客觀存在的基本範疇。從漢代王充《論衡》說：「天地合氣，萬物自生。」宋代張載《正蒙·乾稱》云：「凡可狀皆有也，凡有皆象也，凡象皆氣也。」「天地之氣，雖聚散攻取百途，然其爲理也順而不妄。」明代王廷相《愼言》說：「天地外皆氣，地中亦氣，物虛實皆氣，通極上下，造化之實體也。」清代王夫之在《讀四書大全說》亦倡言：「天人之蘊，一氣而已。」葉燮提出「氣」總持條貫理事情三者，產生天地之至文，應是受到氣一元說的影響而有所承襲。

〔註7〕見《原詩》內篇下。
〔註8〕見《原詩》內篇下。
〔註9〕見《原詩》內篇下。

第二節　詩論中美學的深層架構

詩學、文學有不同於科學、哲學的特殊性；而每一位文學或詩學批評家，也都有其獨特認識世界、反應世界的方式。這個方式多半建構在詩人、文人們的作品中，並藉由語言文字反應出來。

現實生活是豐富且多采多姿的，其中包括社會環境、自然景物、人物生活等等，因此反應出來的文學形象也具有層次不一的內容。大致說來，形象有廣義及狹義兩類：廣義的文學形象泛指文學作品中整個的形象表現；狹義的文學形象則是專指人物的性格與典型。

透過語言文字所建構的文學形象，既有一般藝術形象的共同特徵，又有其獨特的特色，這些特徵是：

1. 可感性：文學形象具有知覺和想像所能把握、感受的屬性。雖然語言文字仍算是抽象的符號，不若圖片、雕塑、音樂等容易爲人所理解，但它的想像空間及豐富性相對的較爲寬廣。語言文字是訴諸於人類的知覺感受，讀者可以根據自己的生活經驗進行「再創造」的想像活動，進而融入詩人的作品中。
2. 完整性：文學形象不是支離破碎的描繪或抒情，儘管有時只寫了一草一木、一言一笑，卻能構成一片風景，即「觀古今於須臾，撫四海於一瞬」〔註 10〕。片段的描寫，必須抓住最具特色的部份，否則就不可能形成完整的形象。
3. 主觀與客觀的統一：文學形象是作家創造的產物，既有模擬描繪對象的客觀部份，也有表達作者思想感情的主觀方面。所謂「托物言志」、「情景交融」、「形神兼備」都包含這種意思。
4. 感染力：文學形象能夠使讀者易於接受，並從中感受時代、社會的脈動，以及當時的人物生活，甚至流連於紙面上的風

〔註 10〕見《陸機》文賦。

光景色中，進而產生共鳴的情緒。感染力的主要來源，在於其藝術眞實性與情感作用，除此之外亦可借助語言的音韻、節奏加強其感染力。

關於文學形象的構思，在葉燮之前已經有不少的探討與論述，如陸機《文賦》中所說的「精騖八極，必遊萬仞」、「課虛無以責有，扣寂寞而求音」、「籠天地於形內，挫萬物於筆端」。劉勰《文心雕龍・神思》中所云：「故思理爲妙，神與物遊。……神思方運，萬塗競萌，規矩虛位，刻鏤無形。」等等都是對於騷人墨客創作構思的描繪。葉燮雖也未用「形象思維」〔註 11〕這一概念，但實際上他已經把文學創作從無到有的過程以文字表現出來，相關論述採用問答的方式，茲分述如下：

一、克肖自然爲極則

葉燮以爲宇宙間萬事萬物是由「理事情」三者構成。且萬事萬物的本體與生命就是「自然流行之氣」。氣的「絪縕磅礴」構成「天地萬象之至文」，是美。他說：

凡物之美者，盈天地間皆是也。〔註 12〕

凡物之生而美者，美本乎天者也，本乎天自有之美也。〔註 13〕

〔註 11〕「形象」作爲美學的專有名詞始於黑格爾的《美學》：「藝術是用感性形象化的方式把眞實呈現於意識」、「詩的觀念功能可以稱爲製造形象的功能」。其後別林斯基接受了黑格爾的美學形象理論，也說：「詩的本質就在給於不具形的思想以生動的、感性的、美麗的形象」。

〔註 12〕提張弘蘧《集唐詩》一書序：「凡物之美者，盈天地間皆是也。然必待人之神明才慧而見。而神明才慧本天地間之所共有，非一人別有所獨受而能自異也。……」見《已畦文集》卷九。

〔註 13〕見《已畦文集》卷六〈滋園記〉：「凡物之生而美者，美本乎天者也，本乎天自有之美也。然孤芳獨美，不如集眾芳以爲美，……。」此爲葉燮訪友張齡度之宅院「滋園」後所書，文中以該園命名取楚辭滋蘭九畹之義喻張齡度如空谷幽蘭。

美既然是一種客觀的、自然的存在，盈天地間皆是，那麼詩人就應該力求將這天地自然之美眞實而完整的表現出來，而不是一味擬古、復古，拾古人餘唾。因爲「學則爲步趨，似則爲吻合。學古人之詩，彼自古人之詩，與我何涉？」〔註14〕不僅作詩如此，葉燮還以作畫爲喻補充說明。他說：

> 如周昉之畫美人。畫美人者必彷昉爲極則，固也。使有一西子在前，而學畫美人者捨在前聲音笑貌之西子不彷，而必彷紙上之美人，不又惑之甚者乎？〔註15〕

其次，美的極至是「克肖其自然」，如山水的自然之美是確實存在的，但因爲天地不言，必須透過詩人的筆墨，「山水之妙始洩」。克肖自然的同時，詩人的「我」也必須展現出來，否則景歸景，情歸情，便無法動人心絃、感人肺腑。又以遊覽詩爲例：

> 遊覽詩切不可作應酬山水語。如一幅畫圖，名手各各自有筆法，不可錯雜；又名山五岳，亦各各自有性情氣象，不可移換。作詩者以此二種心法，默契神會，又須步步不可忘我是遊山人，然後山水之性情氣象，種種狀貌，變態影響，皆從我目所見、耳所聽、足所履而出，是之謂遊覽。且天地之生是山水也，其幽遠奇險，天地亦不能自剖其妙；自有此人之耳目手足一歷之，而山水之妙始洩。〔註16〕

山水的自然美是客觀存在的，但天地是沒有思維的，不能自剖其妙，必須透過詩人的筆墨傳達。如同樣寫黃河，王之渙的〈涼州詞〉是「黃河遠上白雲間」，李白〈將進酒〉則是「黃河之水天上來」，詩人的「我」——性情、氣度、胸襟，藉由景物活生生的表現出來了。

反應眞實的理，配合主觀的情，詩人還必須根據獨特的思維來理解詩歌創作。以杜甫〈玄元皇帝廟作〉中「碧瓦初寒外」爲例，若逐字分析，此句詩矛盾百出，葉燮的分析是：

〔註14〕見《已畦文集》卷八〈黃葉村莊詩序〉。
〔註15〕見《已畦文集》卷三〈假山說〉。
〔註16〕見《原詩》外篇下。

寒者，天地之氣也。是氣也，盡宇宙之內，無處不充塞；而碧瓦獨居其外，寒氣獨盤距於碧瓦之內乎？……初寒無象無形，碧瓦有物有質；合虛實而分內外，吾不知其寫碧瓦乎？寫初寒乎？寫近乎？寫遠乎？〔註17〕

如果處處按照生活中的實情、實理、實事來創作，勢必會把詩文給解死了。他又說：「必以理而實諸事以解之，雖稷下談天之辯，至此恐亦窮矣！」〔註18〕所以他認爲應該根據詩的形象思維來分析，對這句詩他的體會是：

設身而處當時之境會，覺此五字之情景，恍如天造地設，呈於象、感於目、會於心。意中之言，而口不能言；口能言之，而意又不可解。……虛實相成，有無互立，取之當前而自得，其理昭然，其事的然也。〔註19〕

二、幽渺以爲理、想像以爲事、惝恍以爲情

葉燮《原詩》以「理事情」三者概括客觀世界的萬事萬物，並作爲詩歌創作的主要材料。把這些寫入詩文中時，首要之務是「克肖自然」，但若只是單純的實言實解，不過是俗儒所爲，他認爲：「作詩者，實寫理事情，可以言，言可以解，解即爲俗儒之作。」必須運用形象思維使現實中的理事情昇華成爲藝術的理事情，進而達到「理至、情至、事至」的再創造境界。他說：

詩之至處，妙在含蓄無垠，思致微渺，其寄託在可言不可言之間，其指歸在可解不可解之會，言在此而意在彼，泯端倪而離形象，絕議論而窮思維，引人於冥漠恍忽之境，所以爲至也。若一切以「理」概之，「理」者一定之衡，則能實而不能虛，爲執而不爲化。非板則腐，如學究之說書，閭詩之讀律，又如禪家之參死句，不參活句，竊恐有乖於風人之旨。以言乎「事」，天下固有其「理」而不可見

〔註17〕見《原詩》外篇下。
〔註18〕見《原詩》外篇下。
〔註19〕見《原詩》外篇下。

諸「事」者，若夫詩，則「理」尚不可執，又焉能一一徵之實事乎？〔註20〕

所謂「其指歸在可解不可解之會」，是說詩人運用比興的方法，把虛實有無聯繫起來，構成虛實相生，有無互立的特點。此與禪宗參活句有異曲同工之妙。另外，錢鍾書在《談藝錄》中有段文字可作爲註腳：「禪宗當機煞活著，首在不執文字，句不停意，用不停機。古人說詩，有曰不以詞害意，而須以意逆之者；有曰詩無達詁；有曰文外獨絕者；有曰含不盡之意見於言外者。不脫而亦不黏，與禪家之參活句，何嘗無相類處？」至高的藝術特質就是「言在此而意在彼」，而其所表現的理事情應該是妙入「神境」的理事情，是「言語道斷，思維路絕」的理事情。

詩歌創作是爲了「表天地萬物之情狀」，葉燮以泰山雲彩變化爲例，他說：

吾嘗居泰山之下者半載，熟悉雲之情狀：或起於膚寸，瀰淪六合；或諸峰競出，升頂即滅；或連陰數月；或食時即散；或黑如漆；或白如雪；或大如鵬翼；或亂如散；或塊然垂天，後無繼者；或聯綿纖微，相續不絕；又忽而黑雲興，……雲之態以萬計，無一同也。以至雲之色相，雲之性情，無一同也。雲有時歸，或有時竟一去不歸；或有時全歸，或有時半歸：無一同也。〔註21〕

泰山的雲彩是變幻莫測、情狀萬千、無一雷同的，那麼反應這一客觀變化的創作，也應該根據自然之文，隨物賦形，行所不得行，轉所不得不轉。他又說：

天地之大文，風雲雨雷是也。風雲雨雷，變化不測，不可端倪，天地之至神也，即至文也。……蘇軾有言：「我文如萬斛源泉，隨地而出。」亦可與此相發明也。〔註22〕

〔註20〕見《原詩》內篇。
〔註21〕見《原詩》內篇下。
〔註22〕見《原詩》內篇下。

流傳的千古作品，是以客觀之「情」的變化爲根據，把事物之變靈活表現。不僅詞達，且妙趣橫生。因此雖然許多人同樣歌頌泰山之妙，但具有美學眼光者，才能在古人千百詩篇之中，道出其不同之處。

三、衰颯之美

葉燮談詩文的「正變盛衰」時非常強調一個觀念：「非在前者必居於盛，後者必居於衰」。政治的興盛衰敗固然會影響詩文創作，但詩文本身的優劣，非僅靠時代隆污所決定。故對於學者論晚唐之詩以「衰颯」貶之，葉燮是不以爲然的，他說：

> 論者謂晚唐之詩，其音衰颯。然衰颯之論，晚唐不辭；若以衰颯爲貶，晚唐不受也。夫天有四時，四時有春秋。春氣滋生，秋氣肅殺，滋生則敷榮，肅殺則衰颯。氣之候不同，非氣有優劣也。使氣有優劣，春與秋亦有優劣乎？故衰颯以爲氣，秋氣也；衰颯以爲聲，商聲也，俱天地之出於自然者，不可以爲貶也。〔註23〕

葉燮認爲天地自然是流動不居的，並無所謂恆風、恆雨、恆陽、恆陰、恆晴、恆寒、恆暑，四季各有特色，因時而變，都是出於天地之自然；如果只有一種季節，不就顯得較爲單調乏味了嗎？以此爲喻引伸論詩，他又說：

> 盛唐之詩，春花也。桃李之穠華，牡丹芍藥之妍豔，其品華美貴重，略無寒瘦儉薄之態，固足美也。晚唐之詩，秋花也。江上之芙蓉，籬邊之叢菊，極幽豔晚香之韻，可不爲美乎？〔註24〕

因爲向來傳統觀念多是重視盛唐，晚唐則因「衰颯」而爲人輕視。晚唐之詩，如「江上之芙蓉，籬邊之叢菊，極幽豔晚香之韻」，同樣是反應客觀現象，葉燮以爲春花固然美，衰颯之音未嘗不是一種美。只要能「抒寫胸襟，發揮景物，境皆獨得，意自天成」，合乎理事情，

〔註23〕見《原詩》外篇。
〔註24〕見《原詩》外篇。

讓人獲得美感，縱使時變失正，然詩變而不失正，即爲有盛無衰，就能讓人詠言三嘆，尋味無窮。

第三節　詩的流別變化

葉燮從探討氣與創作之間的關係，一方面產生「文如其人」的信念，另一方面則發展出一套文學史觀。類似的文學進化論，早期像王充，近代如顧炎武〔註 25〕，所見略同。葉燮以爲後世的詩文源自六經，《易》演變爲議論、辨說之文，《書》、《春秋》、《禮》變爲史傳、紀述、典制；《詩》演爲辭賦、詩歌。單就文而言，經書一變而成先秦諸子之文，又變而成唐、宋大家之文，然後才成元、明作者之文。至於「詩」，葉燮在《原詩》開宗明義就指出「詩有源必有流，有本必達末」。三千多年來，在質文、體裁、格律、聲調、辭句各方面，詩道是相續相禪，淵遠流長的。

根據《原詩》一書的記載，可窺見葉燮對三千年來詩的流別變化的看法，茲整理表列如下：〔註 26〕

朝　代	代　表　人　物	詩　　風	比　　喻
唐虞、三代之詩			
三百篇		盡美矣、盡善矣。詩之根、源、發軔；自然、得體而可法。	
漢	蘇武、李陵（五言之始） 亡名氏：古詩十九首（言情）	美矣、善矣。質文治具、煥然耳目、渾樸古雅，然猶未能窮盡事物之變。	1. 如畫家之落墨于太虛中，初見形象。一幅絹素，度其長短、闊狹，先
魏	曹操、曹植、王粲、劉楨、孔融、陳琳、徐幹、阮瑀、應瑒、阮籍		

〔註 25〕參見顧炎武《日知錄集釋．詩體代降》，卷二十一。

〔註 26〕參考張靜二《文氣論銓》第八章〈葉燮的詩文理論〉，台北：五南圖書出版公司，民國 83 年 4 月，頁 316～318。並加以增減修改。

		美矣、善矣。正矣、盛矣。 敦厚而渾樸、中正而達情。 不可論工拙，其工處乃在拙，其拙處乃見工。	定規模；而遠近濃淡，層次脫卸，俱未分明。 2. 如初架屋，棟梁柱礎，門戶已具；而窗櫺楹檻等項，猶未能一一全備，但數棟宇之形製而已。
晉	陸機（纏綿鋪麗） 左思（卓犖磅礴、縱橫躑踏） 陶潛（澹遠、多素心之語。胸次浩然，吐棄人間一切，故其詩不從人間得） 潘岳（幾無一首一語可取）	藻麗穠纖、澹遠韶秀。	
六朝	謝朓（高華） 鮑照（逸俊） 庾信（清新） 何遜、陰鏗、沈迴、薛道衡（健者） 謝靈運（警秀） 顏延之（藻繢） 沈約（幾無一首一語可取） 江淹（韶嫵）	亦可謂美矣，亦可謂善矣。 駢麗、淫靡，大抵沿襲字句，無特大家之才。	1. 始知烘染設色，微分濃淡；而遠近層次，尚在形似意想間，猶未顯然分明也。 2. 始有櫺楹檻、屏蔽開闔。
隋		沿六朝卑靡浮豔之習。	
初唐	陳子昂（古詩蹈襲漢魏）		
盛唐	儲光義 劉長卿（淺利輕圓） 王昌齡（七絕含蓄） 高適（七古爲勝、時見沈雄，時見沖澹，不一色。其沈雄直不減杜甫） 王維（五律最出色，七古最無味） 岑參（七古間有傑句，苦無全篇） 孟浩然（諸體似乎澹遠，然無縹緲幽深思致；蘇軾謂：「韻高而才短。如造內法酒手，而無材料」）	盡善盡美矣。 至正至盛；穠華、妍豔、美貴、無寒瘦儉薄之態。 王世貞曰:「七絕盛唐主氣，氣完而意不盡」。	1. 濃淡遠近層次，方一一分明，能事大備。 2. 于屋中設帳幃床榻器用諸物，而加丹堊雕刻之工。

	李白（俊爽、天才自然、出類拔萃，而以才得之，乃以氣得之，有遺世之句） 杜甫（獨冠今古，力大思維，變化而不失正，集大成。詩之神，其力能與天地相終始）		
中唐	韋應物 韓愈（奇奡，無一字猶人，如太華削成，不可攀躋） 李賀（奇奡、怪戾、造語入險，出人意表。然奇過則凡） 柳宗元（專家） 白居易（有作意處寄託深遠；五言排律屬對精緊、使事嚴切，章法變化中條理井然） 劉禹錫（雄傑） 元稹（以作意勝）	盡善盡美矣。 沿盛唐之影響、字句；陳言爲禍。 王世貞曰：「（七言絕句）中晚唐主意，意工而氣不甚完」。	
晚唐	杜牧（雄傑） 溫庭筠（輕豔） 李商隱（輕豔、濃秣、七絕寄託深而措辭婉） 皮日休、陸龜蒙（澀險）	尖新纖巧，其音衰颯。	
宋初	徐鉉、王禹偁（純是唐音） 歐陽修（中正不偏） 蘇舜卿、梅堯臣（開宋詩之面目，變盡崑體，獨創生新，必辭盡於言，言盡於意，發揮鋪寫、曲折層累以赴之） 蘇軾（包羅萬象，鄙諺小說，無不可用，譬之銅鐵鉛錫，一經其陶鑄，皆成精金） 黃庭堅	美之變而仍美。 善之變而仍善。 襲唐人之舊、縱橫鉤致，發揮無遺蘊。	1. 能事益精，諸法變化，非濃淡、遠近、層次所得而該，刻畫掉換，無所不極。 2. 製杜益精，室中陳設，種種玩好，無所不蓄。
南宋金元	楊萬里、周必大（幾無一首一句可采） 陸游（婉秀便麗，其詩集佳處固多，而率意無味者更倍）	美之變而仍美。 善之變而仍善。	
明初	高啓（明初之冠，兼唐宋元人之長而初無軒輊） 張羽、徐賁、楊基		

明末	李攀龍 王世貞（務多，覓其佳處，昔人云：「排沙簡金，尚有寶可見」） 李夢陽（蹈襲模稜，以法繩詩） 何景明 李維楨、文翔鳳（不足言矣） 前後七子 鍾惺、譚元春（矯異于末季）	依傍臨摹，句剽字竊。	

第四節　「變」的文學史觀

從《詩經》開始，中國詩歌一直是處於相續相禪、生生不息的發展之中，葉燮說：

> 詩始於三百篇，而規模體具於漢。自是而魏，而六朝、三唐，歷宋、元、明，以至昭代，上下三千餘年間，詩之質文、體裁、格律、聲調、詞句，遞嬗升降不同，而畏之詩有源必有流，有本必達末；又有因流而溯源，循末以返本。其學無窮，其理日出。乃知詩之爲道，未有一日不相序相禪而或息者也。但就一時而論，有盛必有衰；綜千古而論，則盛而必至於衰，又必自衰而復盛；非在前者之必居於盛，後者之必居於衰也。〔註27〕

所謂「相序相禪」，就是指詩歌發展的連續性和各個發展階段的創新性而言。對於文學各種不同的體制，評詩者都應該「因流而溯源，循末以返本」，不應該有崇古卑今的觀念。詩歌除要繼承傳統，也要革新傳統，所以只有「相序相禪」，才能生生不息。本節將從「正變」、「體用」以及「愈後愈工」三方面分析其文學史觀。

一、正變說

正變說始於〈詩大序〉及鄭玄的《詩譜序》，政治清明時爲詩作正風正雅，反之，政治衰亂時詩作爲變風變雅；外在的政治環境影

〔註27〕見《原詩》內篇上。

響詩的內容，故曰：「詩可以觀」。葉燮以爲論詩者不能伸正詘變，因爲變是必然的趨勢。其正變說建立在「以時言詩」及「以詩言時」兩方面：

（一）時有變而詩因之

葉燮以爲人類的物質生活，隨著時代的推移而日新月異；不論是飲食、音樂、居處或禮數，都是「踵事增華，以漸而進，以至於極」。上古之世，「飯土簋、啜土鉶」；後世「羅珍搜錯」、「臛臇炰膾」，無所不至。上古之人擊土鼓而歌，其後才制絲竹匏革，而今則極盡九宮、南譜、聲律之妙。古人穴居而巢處，嗣後才起宮室以禦風雨，今世則有「璇題瑤室、土文繡而木綈錦」。古者「儷皮爲禮」，後世改用玉帛，今人則有「千純百璧之侈」。在心智方面亦然，在古人始用之，而後人增益精求，只要「乾坤一日不息」，人的智慧心思亦將無窮盡之時，而「詩」的演變亦復如是，他說：

> 彼虞廷〈喜〉〈起〉之歌，詩之土簋、擊壤、穴居、儷皮耳。一增華於三百篇；再增華於漢；又增華於魏。自後盡態極妍，爭新競異；千狀萬態，差別井然。〔註28〕

詩的發展演變和其他事物相同，都是由邇及遠，由簡入繁。評詩與作詩之人理應明白，「時有變而詩因之」〔註29〕，詩歌創作往往因時而變。乾坤之變、政治之變、風俗之變，都會引起詩歌在創作題材、思想內容、藝術風格和表現手法諸方面的變化，但只要是不離詩之本，均爲有盛無衰。故葉燮又說：

> 且夫風、雅之有正有變，其正變繫乎時，謂政治、風俗之由得而失，由隆而污。此以時言詩，時有變而詩因之。時變而失正，詩變而不失其正。故有盛無衰，詩之源也。〔註30〕

由時代論詩之正變，這一點雖與〈詩大序〉中風雅正變說的結構無

〔註28〕見《原詩》內篇上。
〔註29〕見《原詩》內篇上。
〔註30〕見《原詩》內篇上。

異，卻與正詩變詩為反應「政治風俗之由得而失，由隆而污」的說法稍有出入。葉氏將文學視為獨立的活動，認為「時變而失正，詩變而不失其正」，所以如蘇李之於三百篇，建安、黃初之於蘇李，晉之於建安、黃初，都是「變」，但只要詩作能夠真確反應時代的興革變化，都屬於「正」，並無貴古賤今的褒貶，所以說「有盛無衰，詩之源也」。

（二）詩遞變而時隨之

其次就文學自身的演變發展來說，葉燮以為唐虞三代的詩，只是起步發端；此後各代之詩，因「古今時會不同」，一代有一代的特色與儒要，詩作應該以充分表現各代特色為目的，不必一味仿古，自會愈進愈前。葉燮「正變」說的重點即在「以詩言時」，既重視傳統的繼承，也重視新變。他說：

> 詩之質文、體裁、格律、聲調、辭句、遞嬗升降不同。

又說：

> 吾言後代之詩，有正有變，其正變繫乎時，謂體格、聲調、命意、措辭新故升降之不同。此以詩言時，詩遞變而時隨之。故有漢、魏、六朝、唐、宋、元、明之互謂盛衰，惟變以救正之衰，故遞衰遞盛，詩之流也。〔註31〕

由詩之流而言，從三百篇、漢、魏以至明代，每一時期因質文、體裁、格律、聲調、辭句等內在質素的不同而展現特殊風貌。就詩的本身而言，每一種文學體裁、藝術型式的產生，都有前因後果，如齊梁時沈約等人的「永明聲律」說，強調「宮羽相變，低昂互節，若前有浮聲，則後須切響。一簡之內，音韻盡殊；兩句之中，輕重悉異。」〔註32〕唐人又譏沈約之說，以為「沈生雖怪曹（植）王（粲）曾無先覺，隱侯（沈約謚號）去之更遠。」〔註33〕能在共同潮流之中矯然自成一家

〔註31〕見《原詩》內篇上。
〔註32〕見沈約《宋書・謝靈運傳論》。
〔註33〕見殷璠《河岳英靈集論》。

的是小變，能自成一家而轉變一時代潮流者是大變，變是必然的。故就詩的內部規律而言，既可說它是「互為盛衰」，也可說它是「遞衰遞盛」，不斷發展。

綜上所述，無論從「詩之源」或「詩之流」的角度來看，時世的正變，影響了詩歌的正變；但詩歌的藝術生命，卻不會因政治興衰而影響其價值。因為「變」是文學演進的自然趨勢，且「變」可救「正」之衰，故曰「時變而失正，詩變而不失其正」。時代由盛轉衰，有時候反而造成家國不幸詩人幸的現象，如建安、正始、太康之詩，有盛無衰。葉燮以為中國詩歌發展的主流是既有對傳統正宗的繼承，又有對傳統的突破與創新，唯有正變相繼，詩道方能長盛不衰。

二、體用說

正因「變」是文學演進的自然趨勢，每一時代儘管各有不同的寫作形式與技巧，但並不妨礙各時代共同的寫作宗旨。以《詩》教的溫柔敦厚來說，溫柔敦厚是「意」，是不變的宗旨，而其表現形式與技巧（文）則會依時代精神與社會環境而改變。因此後人以詩經及漢魏詩之溫柔敦厚為標準，葉燮以為不妥。他認為溫柔敦厚是「正」，是「體」；辭是「變」，是「用」。辭可以結合當時社會政治的實際情況去變化，但體則永恆如一，因此歷代詩雖變而不失正，乃是各有其溫柔敦厚的緣故。萬不可拘泥於某個時代或某部作品之中，否則便無法神而明之。他說：

> 或曰：「溫柔敦厚，詩教也，漢魏去古未遠，此意猶存，後此者不及也。」不知溫柔敦厚，其意也，所以為體也，措之於用則不同，辭者其文也，所以為用也，反之於體則不異。〔註34〕

「體」可以觀常，「用」可以通變，整個文學的發展便是體與用的結合。故他又說：

〔註34〕見《原詩》內篇上。

漢魏之辭，有漢魏之溫柔敦厚；唐宋元之辭，有唐宋元之溫柔敦厚，……且溫柔敦厚之旨，亦在作者神而明之。〔註 35〕

「溫柔敦厚」說源自於儒家經典《禮記》，其〈經解〉篇云：「孔子曰：『入其國，其教可知也，其爲人溫柔敦厚，詩教也。』」〔註 36〕此說據說是漢儒託爲孔子的話，內容相當簡約。另有〈詩大序〉的說法，則進一步反映出儒家的文藝思想，強調詩歌的教化功能，對於執政者的諍諫，必須採取委婉曲折的方式。創作亦必須合乎「發乎情，止乎禮義」的原則，發揮以禮節情的功用。故「上以風化下，下以風刺上」的諷喻說，順勢發展成爲鄭〈詩譜序〉中的「美刺說」：

論功頌德，所以將順其美，次過譏失，所以匡救其惡，各於其黨，則爲法者彰顯，爲戒者著明。

此說在漢代影響至深，除了符合漢朝獨尊儒術的諭令外，也爲漢代儒學的增添了新色彩。從此以後，各朝均有因應時代需要之「溫柔敦厚」產生。如唐孔穎達《禮記正義》說：「詩依違諷諫，不指切事情，故云溫柔敦厚是詩教也。」此乃就詩歌諷諫的特點來說，體現出對詩人創作態度的要求。又說：「此一經以詩化民，雖用敦厚，能以義節之。欲使民雖敦厚不至於於愚，則是在上深達於詩之義理，能以詩教民也。」再度強調以禮義節制規範的社會功用。在詞話方面，如況周頤《蕙風詞話》中所提之「柔厚」說，要求詞在表現上要含蓄蘊藉，微宛委曲；內容上要深郁厚篤，不可淺顯直露。同樣也是受到「溫柔敦厚」說的影響。

明末清初之際，由於改朝換代的巨變衝擊，自然導致士人崇尚名節之風，文人雅士也都強調詩品與人品相兼顧，人品反應詩品。一度被晚明思潮衝擊的正統觀念，又漸漸受到重視，鼓吹復古，強調詩歌

〔註 35〕見《原詩》內篇上。

〔註 36〕見《禮記》注疏卷五十，〈經解〉第二十六。（十三經注疏本，台北：藝文印書館，1979 年 3 月）

合為時而作，重視文學的社會意義。

除了《原詩》一書之外，葉燮在《已畦文集》中的許多文章裡也都可以清楚看出他基於「變」的立場所提出的「不變」之道。如卷十三〈答沈昭子翰林書〉中，說他自幼學文只是「好六朝駢麗使事屬辭飣餖藻繪，未嘗從事於六經，而根源於古昔聖賢之旨。」到了年長以後，才懂得要以六經為根基，以古聖先賢之旨為指導，「必折衷於理道而後可」，使文章「無戾於古昔聖賢之理道」。卷二十二〈乘龍鼎劇本題辭〉中，明白指出《詩經》之所以為經，即在於它能「發乎情，止乎禮義」，故能「終則要歸乎正」。「以情發端，端見而情已謝，由是循循以歸乎禮義。……若其始也，依乎情，則以情為本，求其止乎禮義則難矣」。他稱讚《乘龍鼎》劇本為「發乎情，止乎禮義」之作，而後世詩詞曲賦由於不能止乎禮義，徒發之於情，故「淫辭邪說為禮義之罪人」。

另在《已畦文集》卷九〈汪秋原浪齋二集詩序〉中葉燮提出「雅」，可以與溫柔敦厚之詩教相互參看：

> 詩道之不能不變於古今，而日趨於異也，日趨於異而變之中有不變者存，請得一言以蔽之，曰雅。……自三百篇以溫厚和平之旨肇其端，……其流之變厥有百千，然皆各得詩人之一體，一體者，不失其命意措辭之雅而已。

「雅」與「溫柔敦厚」相同，屬於變之中的「不變者」，但雅無定格，溫柔敦厚亦無定格。此一「體」展現在歷代的文學體裁中，各類的體裁是「用」，雖萬變而不離體。雖然胡應麟說：「詩至唐而格備，至於絕而體窮，故宋人不得不變而之詞，元人不得不變而之曲。詞勝而詩亡矣，曲勝而詞亦亡矣。」〔註37〕在格備體窮之後，葉燮並無詩亡之嘆，他說：「自宋以後之詩，不過花開而謝，花謝而復開。」即使唐代之後，詩仍有開創性。故葉燮並未反對「詩教」之說〔註38〕，而是

〔註37〕見胡應麟《詩藪》，台北：中華書局，民國51年。

〔註38〕如霍松林校注之《原詩》（人民文學出版社，1998年5月），前言中

站在體為正，用為變的互為融通的立場，建立其文學史觀。

三、踵事增華，愈後愈工

葉燮強調文學發展是漸進的，詩道為何會變，原因有二：其一為踵事增華，後出轉精。葉燮說：

> 大凡物之踵事增華，以漸而進，以至於極。故人之智慧心思，在古人始用之，又漸出之，而未窮未盡者，得後人精求之而益用出之。乾坤一日不息，則人之智慧心思，必無盡與窮之日。

其二是陳言既多，則互相蹈襲，在勢又不得不變。他說：

> 唐詩為八代以來一大變，韓愈為唐詩之一大變。……開寶之詩，一時非不盛，遞至大曆、貞元、元和之間沿其影響字句者且百年。此百餘年之詩，其傳者已少殊尤出類之作，不傳者更可知矣。必待有人焉，起而撥正之，則不得不改弦而更張之。愈嘗自謂陳言之務去，想其時陳言之為禍必有出乎目不忍見，耳不堪聞者。

葉燮觀察從上古到後代，愈後愈工是詩創作的自然趨勢。文學史的發展不能反其道而行，前期是後期的端緒，後期是前期的引伸，詩文本身也是古今相承相續的整體。他說：

> 不讀明良之歌，不知三百篇之工也；不讀三百篇，不知漢魏詩之工也；不讀漢魏詩，不知六朝之工也；不讀六朝詩，不知唐詩之工也；不讀唐詩，不知宋與元詩之工也。〔註 39〕

又以建築宮室為喻說明詩歌愈後愈工是必然的趨勢：

> 又漢魏詩如初架屋，……宋詩則製度益精……。大抵屋宇初建，雖未備物，而規模弘敞，大則宮殿，小亦廳堂也。遞次而降，雖無製不全，無物不具，然規模或如曲房奧室，極足賞心，而冠冕闊大遜於廣廈矣！夫豈前後人之必相遠

說葉燮反對「詩教」之說。

〔註 39〕見《原詩》內篇下。

> 哉，運會事變使然，非人力之所能爲也，天也。〔註40〕

所謂「非人力之所能爲」，指的是無法勉強後代不爲曲房奧室，而爲古之宮殿廣廈，此乃不可改變的天運。

既然詩歌有所謂源流升降，變能啓盛，不可謂古盛而今衰，不能因伸正而詘變。因而他說道：

> 苟於情、於事、於景、於理隨在有得，而不戾乎風人〈永言〉之旨，則就其詩論工拙可耳，何得以一定之程格之，而抗風雅哉？

葉燮反對學詩模仿與復古，卻主張應「學古」與「趨新」。但宜注意學古不可陳言滿篇，趨新不可專尚奧僻，否則「奇過則凡，老過則遲」；必須使陳熟與生新二者相輔相成，才能於陳中見新，生中見熟。「學古」部份可從他引用皎然與李德裕的話中看出：

> 皎然曰：「作者須知復變；若惟復不變，則陷於相似，置古集中視之，眩目何異宋人以燕石爲璞？」……李德裕曰：「譬如日月，終古常見，而光景常新。」……以上數則，語足以啓蒙砭俗，異於諸家悠悠之論，而合於詩人之旨。〔註41〕

「趨新」的部份，可以杜甫、韓愈、蘇軾三人之詩爲例說明。蘇軾詩「包羅萬象，鄙諺小說，無不可用」；韓詩用舊事，「而間以己意，易以新字」；而杜詩「包源流、綜正變」，盡備漢魏的「渾樸古雅」、六朝的「藻麗穠纖、澹遠韶秀」，卻又「無一字一句爲前人之詩」。至於葉燮本人的詩作，亦是學古與趨新融合爲一的實例。張玉書在《已畦文集》序言中讚嘆說：

> 星期（即葉燮）持論卓犖，多否而少，可謂千餘年間惟少陵、昌黎、眉山三家，高山喬嶽拔地聳峙，所謂豪傑特立之士，餘子不足儗也。余因三復星期諸作而求其囊括眾有者，則鋪陳排比、頓挫激昂類少陵；詰屈離奇、陳言刊落類昌黎；吐維動盪、渾涵光芒類眉山。緣情繪事、妙入至

〔註40〕見《原詩》外篇下。
〔註41〕見《原詩》外篇上。

理而自嫺古法。……星期之學能不愧於其言而卓然自成爲一家之詩者也。

可見葉燮的詩之所以能夠卓爾不群，正是因爲他能在「變」之中建立自己的風格。這樣的詩，才是兼容正變的新詩，這樣的立言，才算是眞正理論與實務結合的立言。

第五章　葉燮詩學正變之創作論

葉燮曾說：「詩，末枝耳。必言前人所未言，發前人所未發，而後為我之詩。」〔註1〕這段話前後看來似乎矛盾，但從他終其一生致力於詩文評論，不難得知其重視詩的程度了。他在〈答沈昭子翰林書〉中曾說：

> 今之人動曰經學，豈燮垂老之年而敢妄冀此乎？無已，則於詩文一道，稍為究論而上下之。然又不敢以詩文為小技。〔註2〕

此乃葉燮謙虛之詞，《原詩》一書的創作論，以其觀點之新穎和論述具系統性獨出眾人之上。

第一節　著述者之心術與態度

文學的創作是主客觀的結合，就客觀而言是大自然一切「理、事、情」的萬有，但這些必須透過主觀的「我」來反映。葉燮繼承「詩言志」的理論，他說：

> 志高則其言潔，志大則其辭弘，志遠則其旨永。如是者，其詩必博；正不必斤斤爭工拙於一字一句之間。〔註3〕

〔註1〕見《原詩》內篇下。
〔註2〕見《已畦文集》卷十三。
〔註3〕見《原詩》外篇上。

又說：

> 然有是志，而以我所云才、識、膽、力四語充之，則其仰觀俯察、遇物觸景之會，勃然而興，旁見側出，才氣心思，溢於筆墨之外。〔註4〕

什麼是「才、膽、識、力」？葉燮說：「大凡人無才，則心思不出；無膽，則筆墨畏縮；無識，則不能取捨；無力，則不能自成一家。」此四者合而論之就是作者的匠心變化，分而言之又各有獨特的意義。一般而言「文如其人」，文（詩）與人之間應是統一的。葉燮也說：「詩是心聲，不可違心而出，亦不能違心而出。功名之士，絕不能爲泉石淡泊之音；輕浮之士，必不能爲敦龐大雅之響。」〔註5〕

對於四者之先後次序，葉燮以爲「識」居先，因爲「我之命意發言，一一皆從識見中流布」；其次「識明則膽張」，見解一高，膽量自然壯大；再者「惟膽能生才」，才的外現要靠膽識；最後「惟力大而能堅」，力是創造才，葉燮重創新，故有「立言者無力則不能自成一家」〔註6〕之說。

一、識

「識」乃四者之中最爲重要的創作因素，因爲詩人無識，則無法分辨是非，也不可能自由命意發言。所爲「識」，指的是詩人對於客

〔註4〕同註3。

〔註5〕這一觀點前人已有論述，如劉勰曾提出「才」與「氣」；唐代劉知幾提出過「史有三才」：才、學、識。葉燮綜合之使成詩學觀點。但葉燮所云，據周勛初所著之《中國文學批評小史》所云，葉燮應是受到前代（明代）李贄與公安派的影響較大。李贄在評《續藏書》卷十二〈席書傳〉中記載其選子事王陽明爲師事說：「即此一事，公之才、識，已足矣蓋當世矣。……然有識而才不充，膽不足，則亦未敢遽排眾好，奪時論，而遂歸依龍場，以驛丞爲師也。」袁中道《妙高寺法寺碑》記載李贄評袁宏道「眞英靈男子」，蓋「謂其識力膽力皆迥絕於世」。

〔註6〕凡能開闢一代詩風者均屬有「力」者，如：唐詩重杜甫，宋詩重蘇軾，而「唐詩爲八代以來一大變，韓愈爲唐詩以來一大變，其力大，其思維，崛起特爲鼻組。」

觀事物分辨是非美惡，與歷代詩歌創作經驗及方法的能力，是非明、美醜分，詩人就能做到取捨在我，言因情發，辭隨意定。反之，不過拾人餘唾罷了。其言云：

> 人惟藏中無識，則理、事、情錯陳於前，而渾然茫然，是非可否，妍媸黑白，悉眩惑而不能辨，安望其敷而出之爲才乎？文章之能事，實始乎此。今夫詩，彼無識者既不能知古來作者之意，並不自知其何所興感觸發而爲詩；或亦聞古今詩家之論，……含糊於心，附會於口，而眼光從無著處，腕力從無措處，……人言是則是之，人言非則非之。

「識」是天才之所憑而見者，而又可以補天才的不足。

二、膽

葉燮以爲文章千古事，需要有膽，才能打破傳統束縛，具有獨立思考的能力，使作品流傳千古。其言云：

> 識明則膽張，任其發宣而無所於怯，橫說豎說，在宜而右有，直造化在手，無有一之不肖乎物也。且夫胸中無識之人，即終日勤於學，而亦無益。……及申紙落筆時，胸如亂絲，頭緒既紛，無從割擇，中且餒而膽愈怯，欲言而不能言，或能言而不敢言，矜持於銖兩尺鑊之中，既恐不合於古人，又恐貽譏於今人。

三、才

所謂「才」是「諸法之蘊隆發現處也」。一方面是指文學家表現思想的文辭能力；一方面是指文學家駕馭創作技巧的能力。「才」常和「思」並稱，構成「才思」。若詩人缺乏才華，就會導致「心思不出」，無法創作優秀作品。反之，古今有「才」的文學家，必能「以其才智與古人相衡，不肯稍爲依傍，寄人籬下」，例如：

> 吾嘗觀古之人才，合詩與文而論之，如左丘明、司馬遷、賈誼、李白、杜甫、韓愈、蘇軾之徒，天地萬物皆遞開闢於其肇端，無有不可舉，無有不能勝，前不必有所承，後

不必有所繼，而各有其愉快。〔註7〕

人有才，方能知人所不知，言人所不能言，縱其心思，寫出至理至情的作品。其言云：

夫於人之所不能知，而惟我有才能知之；於人之所不能言，而惟我有才能言之；縱其心思之氤氳磅礴，上下縱橫，凡六合以內外，皆不得而囿之。以是措而爲文辭，而至理存焉，萬事準焉，深情托焉，是之謂有才。〔註8〕

四、力

葉燮以爲以詩人之才，亦需有其力以載之，然何謂「力」？就葉燮而言指的是詩人不假外求，自成一家之魄力。如：

立言者，無力則不能自成一家。夫家者，吾固有之家也；人各自有家，在己力而成之耳，豈有依傍想象他人之家以爲我之家乎！〔註9〕

惟力有大小，表現自然不同，但能使所言永垂不朽者，其力必大。他說：

然力有大小，家有巨細。吾又觀古之才人，力足以蓋一鄉之才，則爲一鄉之才；……更進乎此，其力足以十世，足以百世，足以終古，則其立言不朽之業，亦垂十世，垂百世，垂千古，悉如其力以報之。〔註10〕

如杜甫之詩，因其「力無不舉」，故能長盛於千古；韓愈之文，亦因其力大，故能迄今而不衰。他們都是因爲不假外求，「本其所自有者而益充而廣大之」〔註11〕，故能成一家之言。

就其性質而言，則識爲體，才爲用。才膽力識四者又是用來擴充「志」的。葉燮繼承了「詩言志」的傳統，將之具體深化爲「志高則

〔註 7〕見《原詩》內篇下。
〔註 8〕同註7。
〔註 9〕同註7。
〔註10〕同註7。
〔註11〕同註7。

其言潔，志大則其辭宏，志遠則其旨永。如是者，其詩必傳，正不必斤斤爭工拙於一字一句之間。」潛伏於心則爲「志」，表現於外即爲「才、膽、識、力」四者，析而言之各句獨特之意義，但對卓然成家之作者而言，是缺一不可的。葉燮說：

> 大約才、識、膽、力，四者交相爲濟，苟一有所歉，則不可登作者之壇。

然分而言之，四者要之在先的是「識」，假使無「識」，則其他三者無所依託。葉燮說：

> 四者無緩急，而要在先之以識；使無識，則三者俱無所託。無識而有膽，則爲妄、爲鹵莽、爲無知，其言背理叛道，蔑如也。無識而有才，雖議論縱橫，思致揮霍，而是非淆亂，黑白顚倒，才反爲累矣。無識而有力，則堅僻、妄誕之辭，足以誤人而惑世，危害甚烈。若在騷壇，均爲風雅之罪人。

葉燮擴大了嚴羽談「識」的範圍及內容〔註12〕。不僅是對文學作品的「識」，更主要的是對客觀事物理事情的「識」。除此之外，「識」作爲詩歌鑑賞能力來說，著重在作者本身具有獨創的見識，具有反對復古模擬、強調個性和順乎自然的特色。他說：

> 惟有識則是非明，是非明則取舍定，不但不隨世人腳跟，並亦不隨古人腳跟，非薄古人爲不足學也。蓋天地有自然之文章，隨我所觸而發宣之，必有克肖其自然者，爲至文以立極，我之命意發言，自當求其至極者。……故我之著作與古人同，所謂其揆之一；即有與古人異，乃補古人之

〔註12〕宋人嚴羽《滄浪詩話》中說：「夫學詩者以識爲主。入門須正，立志須高；以漢魏晉盛唐爲師，不作開元天寶以下人物。……工夫須從上做下，不可從下做上。先須熟讀《楚辭》，朝夕諷詠以爲之本；及讀《古詩十九首》，樂府四篇，李陵蘇武漢魏五言皆須熟讀，即以李杜二集枕藉觀之，……然後博取盛唐諸家，醞釀胸中，久之自然悟入。」嚴羽除了強調學習楚辭漢魏盛唐詩，並明確提出「以識爲主」。「識」包含了學與悟兩方面，前者重在詩的品格，後者著重詩的興趣韻味。

所未足，亦可言古人補我之所未足。……惟如是，我之命意發言，一一皆從識見中流布。〔註13〕

葉燮以爲才膽識力四者具有交相爲濟的關係，「膽」既有賴於識，又能擴充和發展「才」，「惟膽能生才，但知才受於天，而抑知必待擴充於膽邪」！而「才」則又須「力」以載之。惟力大者才能堅，至堅而不可摧也。歷千百代而不朽者以此。昔人有云：「擲地須作金石聲」。所謂金石聲，以喻其「堅」也，即詩人之力，若無力，則才不可能充分發揮出來。

第二節　創作之構成因素

葉燮以造屋爲喻，把詩歌創作概括爲五個過程：基礎（胸襟）、取材、匠心、文辭、變化。他說：

今有人焉，擁數萬金而謀起一大宅，門堂樓廡，將無一不極輪奐之美。是宅也，必非憑空結撰，如海上之蜃，如三山之雲氣。以爲樓台，將必有所託基焉。……我謂作詩者，亦必先有詩之基焉。詩之基，其人之胸襟是也。……既有其基矣，必將取材。……有其材而無匠心，不能用而枉之之故也。……宅成，不可無丹艧赭堊之功，……古稱非文辭不爲功；文辭者，斐然之章采也。……一一各得其所，而悉出於天然位置，終無相踵沓出之病，是之謂變化。〔註14〕

五者之中，又以「基礎」最爲重要，這基礎就是「胸襟」。如何從欲言到能言，進而敢言，除了需要詩人本身才膽識力等能力的配合，還應該先瞭解創作的完整過程。分述如下：

一、胸　襟

葉燮對詩人的要求除「才膽識力」之外，還強調要有崇高廣闊的

〔註13〕見《原詩》內篇下。
〔註14〕見《原詩》內篇下。

「胸襟」。他說：「我謂作詩者，亦必先有詩之基焉。詩之基，其人之胸襟也有胸襟，然後能載其性情、智慧、聰明、才辯以出，隨遇發生，隨生即盛」〔註15〕。詩雖然可學而能，但如要求詩可傳之於後世，就不能只靠讀古人之詩，根本的問題在於作者本身要有博大的胸襟。所謂「胸襟」，是指作家的思想、精神、志趣與情操。必先有胸襟以爲基，而後才能表現個人性情、智慧、聰明、才辯。他說：

> 千古詩人推杜甫，其詩隨所遇之人之境之事之物，無處不發其思君王、憂禍亂、悲時日、念友朋、弔古人、懷遠道，……一一觸類而起，因遇得題，因題達情，因情敷句，皆因甫有其胸襟以爲基。……而羲之此序，寥寥數語，託意於仰觀俯察，宇宙萬彙，係之感憶，而極於死生之痛。則羲之之胸襟，又何如也！〔註16〕

列舉杜甫〈樂游園歌〉與王羲之〈蘭亭集序〉爲例，詩爲心聲，文如其人，二人於盛世勝會不爲阿諛鋪陳之辭，而抒發深沈的身世人生感慨。前者「悲白髮、荷皇天，而終之獨立蒼茫」，後者「託意於仰觀俯察，宇宙萬彙，係之感憶，而極於死生之痛。」可見其胸襟之宏大。他又說：

> 有胸襟以爲基，而後可以爲詩文。不然，雖日誦萬言，吟千首，浮響膚辭，不從中出，如剪綵之花，根蒂既無，生意自絕，何異乎憑虛而作室也！〔註17〕

有胸襟作爲根基，才能對生活中客觀的理事情生發出眞實的情摯。否則一切都是虛假的空言，毫無實質的意義。

二、取　材

詩人創作過程中，既有胸襟，則須繼之「取材於古人」。葉燮說：

〔註15〕同註14。
〔註16〕見《原詩》內篇下。
〔註17〕見《原詩》內篇下。

> 夫作詩者，既有胸襟，必取材於古人。

又說：

> 時手每每取捷徑於近代當世之聞人，或以高位，或以虛名，竊其體裁、字句，以爲秘本。謂既得所宗主，即可以得其人之贊揚獎借；生平未嘗見古人，而才名以早成矣。何異方寸之木，而遽高於岑樓耶！……故有基之後，以善取材爲急急也。

取材的意義在於探求古人古詩的精神、意韻，即所謂「會其指歸，得其神理」。因爲這個時候，即使取材於古人，性情也不會爲古人所移，不會變成古人的影子。葉燮又說：

> 原本於三百篇、楚騷，浸淫於漢、魏、六朝、唐、宋諸大家，皆能會其指歸，得其神理。以是爲詩，正不傷庸，奇不傷怪，麗不傷浮，博不傷僻，決無剽竊吞剝之病。〔註 18〕

取材的對象是「三百篇、楚騷、漢、魏、六朝、唐、宋諸大家」。取材於古之經典，並非指抄襲沿用，而是在構思之初，就必須先確立體制，選取與創作主題相關之事例，斟酌去取，最後才配合精確的文字表達出來，才不至於有剽竊吞剝的弊病。

三、匠　心

胸襟具備之後，就要學古人之長處。有如臨帖，不求先似，何有變化？故要學詩，就必須對詩的源流升降有所察辨，這樣才能取人之長，補己之短。至於如何擷取古人古詩的菁華呢？葉燮以大匠造屋爲喻說：

> 既有材矣，將用其材，必善用之而後可。得工師大匠指揮之，材乃不枉。爲棟爲樑，爲榱爲楹，悉當而無絲毫之憾。非然者，宜方宜圓，宜圓宜方，枉棟之材而爲桷，枉柱之材而爲楹，天下斲小之匠人寧少耶！世固有成誦古人之詩數萬首，涉略經史集亦不下數十萬言，逮落筆則有俚俗庸

〔註 18〕同註 17。

> 腐，窒板拘牽，隘小膚冗種種諸習。此非不足於材，有其材而無匠心，不能用而枉之之故也。〔註19〕

又說：

> 夫作詩者，要見古人之自命處、著眼處、作意處、命辭處、出手處，無一可苟，而痛去其本來面目。如醫者之治結疾，先盡蕩其宿垢，以理其清虛，而徐以古人之學識神理充人。久之，而又能去古人之面目，然後匠心而出，我未嘗模擬古人，而古人且爲我役。〔註20〕

取材於古人，與一般的擬古、復古不同，不能成爲古人的影子，所以「匠心」即是要見古人之自命處、著眼處、作意處、命辭處、出手處，進一步去古人面目，重新詮釋古人之言，創作者自我的新感受。徐增《而菴詩話》中有所謂「先從法入」、「後從法出」之說〔註21〕，正是葉燮這段話的重心所在。後來王國維在《人間詞話》裡強調「入乎其內」、「出乎其外」之說，可能是由此得到啓發的。

四、文　辭

胸襟具、性情眞、且能「以我之神明役字句，以我所役之字句使事」之後，然後才講求設色布采。葉燮說：

> 夫詩，純淡則無味，純樸則近俚，勢不能如畫家之有不設色。古稱非文辭不爲功；文辭者，斐然之章采也。必本之前人，則其麗而則、典而古者，而從事焉，則華實並茂，無夸縟鬥炫之態，乃可貴也。……故能事以設色布采終焉。〔註22〕

設色布采得宜，則可達華實並茂、文質彬彬之境。葉燮在《已畦文

〔註19〕見《原詩》內篇下。

〔註20〕見《原詩》內篇下。

〔註21〕見徐增《而菴詩話》：「余三十年論詩，祇識得一法字，近來方識得一脫字。詩蓋有法，離他不得，卻又即他不得，離則傷體，即則傷氣。故作詩者先從法入，後從法出，能以無法爲有法，斯之謂脫也。」

〔註22〕見《原詩》內篇下。

集》卷八〈南疑詩集序〉中說絢爛、平淡初非二事，眞絢爛則眞平淡，眞平淡即眞絢爛，道理相同。

五、變　化

創作最感苦惱的是題材幾近寫盡，而表現手法又大同小異，常常落入自己既成的襲套之中。此時若想超越，就必須要求有所變化。早在六朝時期，劉勰就已經針對此問題提出「通變」之術，他說：

> 設文之體有常，變文之數無方，何以明其然耶？凡詩、賦、書記，名理相因，此有常之體也；文辭氣力，通變既久，此無方之數也。〔註23〕

在文學發展中，有一些規律性的特質，如文章的體制，歷代相沿，形成固定的格式。因此後人採用何種體裁創作，都必須先瞭解文章的體制，借鑑古人的成功的創作經驗。然而文章的辭藻、氣力在文學發展的過程中變化較爲顯著。變化並不是沒有常規而不能繼承的，如「綆短者銜渴」；不能求新，則似「足疲者輟涂」，應該「參伍因革」，繼承與求新兩方面同時並進。

葉燮說：

> 然余更有進，此作室者，自始基以至設色，其爲宅也，既成而無餘事矣。然自康衢而登其門，於是而中堂、而中門，又於是而中堂、而後堂、而閨闥、而曲房、而賓席東廚之室，非不井然秩然也；然使今日造一宅焉如是，明日易一地而更造一宅焉，而亦如是，將百十其宅，而無不皆如是，則亦可厭極矣。其道在善於變化。……惟數者一一各得其所，而悉出於天然位置，終無相踵沓出之病，是之謂變化。

又說：

> 變化而不失其正，千古詩人惟杜甫爲能。高、岑、王、孟諸子，設色止矣，皆未可語以變化也。

〔註23〕見《文心雕龍・通變》。

夫作詩者，至能成一家之言足矣。此猶清、任、和三子之聖，各極其至，而集大成，聖而不可知之之謂神，惟夫子。杜甫，詩之神者也。夫惟神，乃能變化。

承上所述，葉燮的文學史觀強調的是遞變遷以相禪的現象，如果從文學不同的歷史型態與異動觀察，每個時代都有不同的風格與特色。若只是想從古人的胸襟、材料、匠心、文辭中去繼承，很難有所突破，文章詩作想要超越古人，有所創新，就必須有所變化。在自己所處的時空環境中再造新聲。

第三節　創作之法則

分析了著述者之心述、態度與構成創作的主體因素後，葉燮肯定了詩可以「學」是無庸置疑的。茲引《原詩》中的一段問答說明之：

或問於余曰：「詩可以學而能乎？」曰：「可。」曰：「多讀古人之詩，而求工於詩而傳焉，可乎？」曰：「否。」……余應之曰：「詩之可學而能者，盡天下之人皆能讀古人之詩而能詩，今天下之稱稱者是也；而求詩之工而可傳者，則不在是。……」

詩可以藉由「學」而成，但就詩以求詩則不在此列。回應前幾章所述，葉燮的文學觀是以「正變」爲基礎，強調詩與時之間互爲因果關係，所以不主張模擬，也不主張復古。但是對初學者而言，葉燮仍有所謂「創作之法」，此乃針對詩的形式如平仄、聲律、句式、起承轉合而言；一旦熟悉了規則，就必須跳脫此限，而用心琢磨於內容之上。

一、創作之規律

有人曾經問葉燮說：「先生言作詩，法非所先，言固辯矣。然古帝王治天下，必曰：『大經大法』。然則，法且後乎？」葉燮回答：

若夫詩，古人作之，我亦作之。自我作詩，而非述詩也。

> 故凡有詩，謂之新詩。若有法，如教條政令而遵之，必如李攀龍之擬古樂府然後可。……若徒以效顰效步爲能事，曰：「此法也。」不但詩亡，而法亦亡矣。

葉燮並不反對學習古人作詩之法，但不贊成一味的模擬仿古。很明顯的，他所倡言的是「自我作詩，而非述詩」，是「後法」，而非「廢法」，是因時制宜，異地而變的法。因爲古今時會不同，國家政令都會隨之改變，更何況是作詩之法。旁人所以會有此疑問，主要的原因是明清之際，盛行言詩「法」，如前七子李夢陽〈駁何氏論文書〉云：

> 古之工，如倕、如班，堂非不殊，户非同也，至其爲方也，圓也，弗能捨規矩。何也？規矩者，法也。僕之尺尺而寸寸之者，故法也。

與葉燮同時期的汪琬在〈吳江紳芙江唱和詩序〉也說：

> 凡物細大莫不有法，而況詩乎？善學詩者，必先以法爲主。

對此，葉燮批評道：

> 彼（指汪琬）曰：凡事凡物皆有法，何獨於詩而不然。……然法有死法、有活法。……曰律詩必首句如何起，三四如何承，五六如何接，末句如何結；古詩要照應要起伏，析之爲句法，總之爲章法。此三家村詞伯相傳久矣，不可謂稱詩者獨得之秘也。

作詩固然有法，但詩法絕非單指「平仄叶韻」或只是「飲食之和劑、衣服之尺刀、聲音之考擊」而已。人固然可依循定則來「就詩求詩」，卻無法求工於詩而傳焉。故援法繩己律人，若到了膠著不變的地步，終會導致心思不靈。若作詩之人辨識不清，才短力弱又無膽識，雖動輒談「法」，卻反而是以法牢籠、束縛自己。如沈約以「四聲八病、疊韻雙聲等法，約束千秋風雅」。但並非萬事萬物皆須如此，譬如承蜩弄丸，有巧而無法；政令因時而變通，典章制度因革損益，治民治兵須隨時變遷；何以風雅一道偏偏要死守成法，踵其謬戾呢？對汪琬主張字句安排、文章虛實之「法」，葉燮表示：

> 人之心思，本無涯涘可窮盡、可方體，每患於局而不能攄、扃而不能發，乃故囿之而不使之攄，鍵之而不使之發，則萎然疲薾。〔註24〕

然而葉燮也並非不重視法。他在《原詩》外篇下從轉韻、層次、音節、章法、起伏、筆力、波瀾、賓主、脈絡等方面去論五言古詩等。又在《汪文摘謬》裡，依據古文義法中的修辭與立意，從綱領、局構、間架、闔合、眼目、筋節、文義聯屬、文氣接應以及用字遣詞等方面，評鑑汪氏的十篇文章。論古人作詩，「其興會所至，每無意而出之，即可法可則」；像三百篇的作者，並非經過「精研極思、腐毫輟翰」才有所得，不過是「情偶至而感，有所感而鳴」。葉燮屢屢強調「理」、「事」、「情」的重要，認爲依據此三則客觀條件從事創作，則胸臆暢然，發言必能達情、達事、達理。這些都是他重視「法」的證明，可見他批評「法」，只是「後法」，而非旨在「廢法」。

探討何謂作詩之「法」，葉燮將其分爲「虛名」與「定位」二類，他說：

> 法者，虛名也，非所論於有也；又法者，定位也，非所論於無也。〔註25〕

爲何說法是「虛名」呢？他解釋說：

> 詩文一道豈有定法！先揆乎其理，揆之於理而不謬，則理得。次徵諸事；徵之於事而不悖，則事得。終絜諸情；絜之於情而可通，則情得。三者得而不可易，則自然之法立。故法者，當乎理，確乎事，酌乎情，爲三者之平準，而無所自爲法也。故謂之曰「虛名」。〔註26〕

從主客觀兩方面來說，就創作對象言，詩文要能反映客觀的理事情，

〔註24〕見《原詩》內篇下。
〔註25〕見《原詩》內篇下。
〔註26〕見《原詩》外篇。

如泰山之雲彩，千變萬化，無法定位，當然在詩歌創作上也無法規定以某雲爲起、爲伏、爲照應，只要理事情三者得而不可易，則「自然之法立」。就創作的主體而言，每個人的胸襟及才膽識力各不相同，對外在事物的觀照與反應自然殊異。他們沒有什麼先驗的模式，更遑論所謂「定法」了。

然又何謂「法者，定位也」？葉燮解釋道：

> 法者，國家之所謂律也。自古之五行宅就以至於今，法亦密矣。然豈無所憑而爲法哉！不過揆度於事、理、情三者之輕重大小上下，以爲五服五章、刑賞生殺之等威、差別，於是事、理、情當於法之中。人見法而適愜其事、理、情之用，故又謂之曰定位。

所謂定位之法，就是古人所說「文成法立」之意，因爲傳世作品一經創作，成功的文（詩）「法」即同時被創作出來。但定法只是規範事物規律的一般性，如「眉在眼上」、「鼻口居中」等常態性質，即所謂「姸媸萬態，此數者必不渝」；就詩的創作而言，例如律詩首句如何起，三四句如何承，五六如何接，末句如何結。以及古詩要照應、起伏之類，都是所謂「定位」或「死法」。就初學者而言，不能沒有這種「三家村詞相傳久矣」的定位之法，但主要在學習詩的「形式」方面。

天地古今萬物，發爲文章，形爲詩賦，表現型態雖有萬千，但仍不出理事情三個客觀因素。故詩法當以客觀事物的理、事、情爲依據或準繩。他說：「詩文之道萬千，可概括爲理、事、情三語。」故「法者當乎理，確乎事，酌乎情，爲之者之平準，而無所自爲法也。」詩文一道，只要能揆理不謬、徵事不悖、絜情不忤，則自然之法立，能以此三者爲平準，則體裁、聲調、修辭等都不過是枝微末節而已。論詩作詩均應從是否符合客觀事物的理、事、情上來把握和衡量得失，而不是把詩法僅僅解釋爲起承轉合的連結。所謂「虛名」、「活法」均是指此變化之法，變爲法之至者，但又不出規矩。

二、葉燮的詩作

葉燮的詩作，大抵皆康熙十五年（1676 年）罷官之後所作。居官任職期間，因目睹官場黑暗與無奈，故絕意仕途後遊覽名山大川，結交名流與方外人士，相互唱和。於是眼界氣度爲之一開，思想文風亦爲之改觀。他以切身體驗授徒，說道：

> 我詩於酬答往還或小小賦物，了無異人。若登臨憑弔，包納古今，遭讒遇變，哀怨幽噫，一吐其胸中所欲言與衆人所不能言不敢言，雖前賢在側，未肯多讓。〔註 27〕

葉燮於詩雖宗主杜甫、韓愈和蘇軾，但絕不刻意模仿，更不拘泥於古人的一字一句。而是據實事，自抒胸臆，因情而文。他的一些應酬往還之詩，的確是了無異人，但其它觸景生情、敘志抒懷之詩，則頗類杜甫詩史之作，茲引數則如下。其一爲《已畦詩集・紀事雜詩》之八〈古天霜〉：

> 湖天湛然青，盛夏飛嚴霜。霜嚴結陰慘，白日沈荒涼。
> 厲鬼湫啾鳴，行路聞心傷。埋冠爾爲何，毅魄非國殤。
> 生爲蚩蚩氓，安分柔且良。眞盜失伏辜，漁人罹禍殃。
> 殺人不抵死，袖手翻代償。有耳非不聞，有眼詎失芒。
> 一人愛功名，片語進斧戕。原初失咎由，一誤成猝倉。
> 救誤成再誤，兩矢并榆桑。我躬榮利關，遑恤彼刳腸。
> 邈矣三宥仁，孰察五過章。一朝四百指，駢首辭景光。
> 湖水自終古，流恨徒湯湯。媚人及自媚，殺人宜愼詳。

此詩葉炎自注云係「前孫令實事」。據其在《已畦文集》卷十三〈與吳漢槎書〉中解釋，當孫氏樹百爲寶應縣令時，縱其心腹董祥射殺陽湖無辜四十六人，葉燮到任後，立即加以驅逐，故孫氏恨之入骨。適時尚有孫氏黨羽興風作浪，恣意索求。故葉燮深夜捫心，感念古聖「視民如傷」之襟懷，並以此爲戒，而不應以在官之勢，戕害百姓，以饜大吏之欲。諸如此類反映民間疾苦爲中心之詩不在少數，如〈令

〔註 27〕見沈德潛〈葉先生傳〉。

史怒〉描繪苛政猛於虎，〈庚戌六月吳江一夕水發渰沒民居戲作竹枝體〉寫江南百姓常爲水患所苦，〈荷鍤夫〉具體描寫寶應水患時，白髮老翁接踵幫隄土，而強勢豪門歌舞酣飲之強烈對，〈河漕隄〉寫縣內有水患，外有「三逆」之亂雪上加霜的慘況，〈軍郵速〉中「縣官聞馬來，酒漿筐篚迎。吏役聞馬來，面色蒼皇青。百姓聞馬來，負擔望塵停。」三段對比，把軍騎之驕橫跋扈，縣官的巴結逢迎、吏役之惶恐驚嚇，以及百姓之無辜無奈描繪的栩栩如生，形象鮮明，脫胎於杜甫之三吏三別，頗類以詩記史實。

其次描繪自然勝景之詩亦不在少數，葉燮罷官之後，即遊歷名山大川，名藍古剎、古址遺跡鮮乏足跡。如〈過開先寺〉寫入廬山從過杉寺迆邐而東過開先寺，以雲霧繚繞、日光隱耀，蒼茫松海間驚見瀑布下注，聲勢浩大，奔騰澎湃如鬼哭神號，結合了視覺、聽覺與觸覺。以廬山勝景爲描寫對象的尚有〈登五老峰〉、〈三疊泉〉等，均可見其「詩中有畫」的功力。其他諸如卷四之〈滕王閣〉:

帝子何年建高閣，陵谷幾回廢與落，只今牧馬一畝宮，
昔日朱甍照城郭。南浦西山猶有情，朝雲暮雨向人迎。
不知才子千秋恨，轉逐征人一夕生。

詩中觸景生情，高閣幾經興廢，已不復往昔，蓋王勃才華滿腹，二十九歲即溺水而死，葉燮寄身世於王勃，故引發才子一夕恨之語，頗有「同是天涯淪落人」之嘆。其餘尚有〈彭澤縣〉，係過彭澤念陶潛高風亮節，不爲五斗米折腰，拳拳事鄉里小兒，而觸發欣羨之情。又〈淮陰弔古〉詠歎韓信悔不用蒯通之諫，而死於女子之手。藉祠下瀰瀰之水喻韓信無窮之遺恨，令人迴腸盪氣。

除了類似詩史的作品外，葉燮寓居橫山之後，亦有閑雅恬淡之作，頗能反映其靜謐的心境。如〈山居雜詩〉之一：

兀坐閱終古，南山當坐隅。憶昨卜誅茆，愛山面山嵎。
惟此山與我，坐臥飲食俱。性情久益習，交好澹相娛。
忘我并忘山，謂山特我趨。勞生大造間，何物非助吾。
杲日燭我闇，清風涼我襦。萬有適五官，恬然享其輸。

何爲擾且攘，求饜踵頂濡。猶復矜予智，夔益笑蚿愚。

環顧世間擾攘紛亂，世人唯利是逐，葉燮譏其爲不智。詩中以自然造化爲我所用，清風爲我所穤，心境歸於平淡，而有忘我忘山之兩忘境界。

又如〈江上曉發〉：

曉市光初啓，迷離萬瓦煙。群山分旭日，孤艇得遙天。

木葉年年脱，蛟龍旦旦眠。鳴榔吾語汝，此意爾能全。

前四句寫景，後四句抒情。全詩輕描淡寫，毫無雕飾之辭，藉木葉脱落，蛟龍旦眠，刻畫心境，託物寫志，與世無爭之情溢於言表。

其它諸如〈宿羅漢寺〉、〈春王三日風雪夜偶拈〉、〈秋日邀同人泛舟紅橋〉等詩作，皆表現出他清新淡遠，閑適自得的生活逸趣。當時詩壇領袖王士禛給予葉燮詩作很高的評價，讚譽其詩爲：

詩古文鎔鑄古昔，而自成一家之言。每怪近人稗販他人語言以佣賃作活計者，譬之水母以蝦爲目，蟨不能行，得駏驉負之乃行。夫人而無足無目則已矣，而必藉他人之目爲目，假他人之足爲足，安用此碌碌者爲？先生卓爾孤立，不隨時勢爲轉移，然後可語斯言之立。〔註28〕

此不僅評價葉燮詩作的價值，也可與《原詩》的詩學理論相互應證。

〔註28〕見沈德潛〈葉先生傳〉中所引王士禛言。

第六章　葉燮詩學正變之批評論

《原詩》的命名，標明了葉燮著書的宗旨。他力圖在「正變源流」的基礎上，推究詩歌創作的本源。除了探討古今詩學詩話的現象，提出具體的批評原理與標準外，並進一步據此分析歷代詩話、詩論及詩作。本章著重於葉燮《原詩》書中所論之批評態度與方法、批評弊病、以及批評實例三部份，緊扣其對於詩歌正變、源流、延革、因創的見解加以論述。

第一節　批評之態度與方法

傳統儒家詩論，是欲透過詩歌「觀」風俗之厚薄、政治之得失；到了魏晉時期，文學的自覺，脫離了政教的附庸，透過「觀」可知詩歌自身的特點與發展，如劉勰所謂「六觀」〔註 1〕。除了探求詩文的體裁、內容等外緣因素，透過作品還能夠進而窺見作者人品與思想等內在質素。故在探討批評的態度與方法時，葉燮非常強調「詩以人見，人又以詩見」的觀念。茲分述如下：

〔註 1〕見《文心雕龍・知音》：「是以將閱文情，先標六觀：一觀位體，二觀置辭，三觀通變，四觀奇正，五觀事義，六觀宮商。斯術既形，則優劣見矣。」所謂「六觀」，就是從六個方面「披文入情」，「沿波討源」。對文學作品從形式到內容進行全面的賞析和評價。

一、格物、會心的統一

創作與批評不同，創作是先感物起興之後方成就詩文。批評的順序剛好相反，是由分析作品而見人品。葉燮說：

> 後世評詩者，……泛而不附，縟而不切，未嘗會於心，格於物，徒取以爲談資，與某某之詩何與？……歷來之評詩者，雜而無章，紛而不一，詩道之不能常振於古今者，其以是故歟？〔註2〕

他批評歷來評詩之人，不能把握「格物」與「會心」的原則，論詩「雜而無章，紛而不一」，導致詩道日漸衰微。所謂「格物」，是分析作品所呈現萬有形象之客觀狀態；「會心」則是透過作品，去捕捉詩人心靈的旋律，分析其作品中表現眞實情感，抑或矯揉造作，爲文造情。葉燮主張創作時必先以理、事、情格之，進而會於心之神明，而行諸筆墨，簡言之即格物→會心→作品。而批評之歷程恰好相反，是由作品進而會心進而格物。站在文學有正有變的立場，不論是「格物」或「會心」，也會隨之因時遞變。

二、重「變」的客觀標準

重視「變」的精神是葉燮論詩一個主要的原則，雖然六朝以降，談詩論文的風氣日益，但葉燮以爲「詩道不能長振」的主要原因在於古今人之詩評，雜而無章，紛而不一，他說：

> 六朝之詩，大約沿襲字句，無特立大家之才。其時評詩而著爲文者，如鍾嶸、劉勰，其言不過呑吐抑揚，不能持論。……他如湯惠休「初日芙蓉」、沈約「彈丸脫手」之言，差可引伸；然俱屬一斑之見，終非大家體段。其餘皆影響附和，沈淪習氣，不足道也。……唐宋以來，諸評詩者，或概論風氣，或指論一人，一篇一語，單辭複句，不可殫數。其間有合有離，有得有失。……而最厭於聽聞，錮蔽學者耳目心思者，則嚴羽、高、秉、劉辰翁及李攀龍諸人

〔註2〕見《原詩》外篇上。

是也。……至於明之論詩者，無慮百十家。而李夢陽、何景明之徒，自以爲得其正而實偏，得其中而實不及，大約不能遠出於前三人之窠臼。……自以爲兼總諸家，而以要言評次之，不亦可哂乎！〔註3〕

向上溯及六朝大家劉勰、鍾嶸，往下推至明七子與竟陵派，均能以一二語道出其流弊，因爲詩的內容要能反應政治風俗、時代面貌。政治風俗、時代面貌改變了，詩當然也跟著變，這是「以時言詩」之說。在此情況下，詩的改變，是爲了反應現實，所以說「詩變而不失其正」，詩的內容，並無盛衰之分。另一種情況是從歷代詩歌發展來看，因爲詩的內容、形式、意象、風格新故升降之不同，自然形成階段性的發展，此乃「以詩言時」。朝代更替，詩的風格逐漸老舊，甚而爲陳腔濫調，故詩的本身需要有一番變革，才能使詩重新興盛起來。這也必須靠「變」方能救其衰，所以「惟變以救正之衰」，或「惟正有漸衰，故變能啓盛」。無論從《詩經》，或歷代詩歌的發展來看，都是合理、必然且有利於詩的興盛的。

其次，葉燮認爲立身處世有時須進以禮以蹈其常，有時又得進以義以蹈其變〔註4〕。所謂「義」，在此是指合乎實際的需要，隨時適變之意。他說：

唐詩爲八代以來一大變，韓愈爲唐詩之一大變。……開、寶之詩，一時非不盛，遞至大曆、貞元、元和之間，沿其影響字句者且百年，此百餘年之詩，其傳者已少殊尤出類之作，不傳者更可知矣。必待有人焉起而撥正之，則不得不改絃而更張之。愈嘗自謂陳言之務去，想其時陳言之爲禍，必有出於目不忍見，耳不堪聞者。〔註5〕

因爲陳言既多，且互相盜襲，所以「變」也是時勢所趨。葉燮繼承了

〔註3〕見《原詩》外篇上。
〔註4〕見《已畦文集》卷十〈送顧迂客赴陜序〉：「君子進以禮蹈其常，經也；有時進以義蹈其變，權之合乎經也。君子亦惟義之宜而已。」
〔註5〕見《原詩》內篇上。

韓愈文以載道之說，強調變的同時，進一步發揮韓愈「師其意不師其辭」〔註6〕的觀點，提出了批評的客觀標準在「一本而萬殊，亦萬殊而一本者也」。他說：

> 夫文之本乎經者，襲其道非襲其辭，……而本乎道者，原非執一法以泥之，一律以格之者也。當其神明在心，變化於法，左宜右有，無所不可，而用意所根柢處必一定而有在。……故文之爲道，一本而萬殊，亦萬殊而一本者也。〔註7〕

所謂「萬殊而一本」，就是不管批評如何變化和不同，但萬變不離其宗，自有客觀的標準在。所謂「一本而萬殊」，是指批評並非事先定出準則，生搬硬套。而是隨時代的變化，應時適變。綜上所述，葉燮認爲詩歌、文學的發展，不論是「變而不失其正」亦或「變以救正之衰」，都是必然且有利於詩的興盛的。

三、詩如其人

葉燮繼承〈虞書〉中「詩言志」的傳統，認爲詩文一道，發於心形於言，本諸內而見於外，不可矯飾。這就是何以有識高志高而辭弘，識陋志陋而言卑的緣故。他在《原詩》外篇上說：

> 詩是心聲，不可違心而出，亦不能違心而出。功名之士，決不能爲泉石淡泊之音；輕浮之子，必不能爲敦龐大雅之響。故陶潛多素心之語，李白有遺世之句，杜甫興廣廈萬間之願，蘇軾師四海弟昆之言。凡如此類，皆應聲而出。其心如日月，其詩如日月之光。……故每詩以見人，人又以詩見。使其人其心不然，勉強造作，而爲欺人欺世之語；能欺一人一時，絕不能欺天下後世。〔註8〕

文與質、詩品與人品的統一，是中國文學的傳統思想，因爲詩是言志的表現，故葉燮特別重視所謂「詩如其人」。他在〈半園倡和詩序〉

〔註6〕見韓愈〈答劉鄭夫書〉。
〔註7〕見《已畦文集》卷十三〈與友人論文書〉。
〔註8〕見《原詩》外篇上。

中說：

> 「詩言志」。人各有志，則各自為言。故達者有達者之志，窮者有窮者之志。所處異則志不能不異，志異則言不能不異。〔註 9〕

「志」並非人心中固有靜止的東西，而是感物而動，或情動為志。葉氏將一個人的「志」與其生活經驗聯繫起來，因為每個人的背景不同、性情不同，所顯示的志必然有其獨特之面目。但能夠被尊為「大家」的詩人，其人品必有超越卓絕之「胸襟」與「氣度」，方能作出不能為他人模仿，也不模仿他人的作品。

第二節　批評之弊病

在《原詩》內篇下中，葉燮對於歷代詩話、詞話、圈批、評點一類的文學著作提出正反兩面的看法。他說：「唐宋以來，諸評詩者，或概論風氣，或指論一人，一篇一語，單辭複句，不可殫數。」雖然其中不乏眞知灼見，但多數迷離惝忽不切實際的批評，只能「錮蔽學者耳目心思」〔註 10〕。益以明清詩壇百喙爭鳴，派別林立，不論是前後七子的復古派，還是矯枉過正的竟陵派、公安派，或是清初盛行一時的宋詩派，往往因為門戶之別，嚴守師說而相互攻訐。他又道：

> 乃近代論詩者，……百喙爭鳴，互自標榜，膠固一偏，剿獵成說。後生小子，耳食者多，是非淆而性情汩，不能不三嘆於風雅之日衰也！

如此一來，不僅無法持論公正，反而另立更多的門戶。造成這種現象的原因歸結如下兩項，一為求合於古人，一為求媚於今人。

〔註 9〕見《已畦文集》卷九。

〔註 10〕見《原詩》外篇上：「……其餘非戾則腐，如聾如瞶不少。而最厭於聽聞、錮蔽學者耳目心思者，則嚴羽、高棅、劉辰翁及李攀龍諸人是也。」

一、求合於古人

葉燮在《已畦文集》自序裡指出，兩人文風弊病之一爲「求合於古人。以爲合於古人方爲正統，不合則雖有匠心之作，不可爲亦不敢爲也。不僅創作如此，批評亦然。諸如一定要以建安時期的詩歌做爲評論後代詩歌的標準，或李攀龍所謂「唐無古詩」，陳子昂云「以其古詩爲古詩」等，葉燮以爲不妥，因爲一代有一代的特色，非在前者必優於後者，故反駁說：

> 即如左思去魏未遠，其才豈不能爲建安詩耶？觀其縱橫躑踏，睥睨千古，終無絲毫曹劉餘習。鮑照之才，迥出儕偶，而杜甫稱其「俊逸」；夫「俊逸」則非建安本色。千載後無不擊節此兩人之詩者，正以其不襲建安也。〔註11〕

左思、鮑照之所以留名千古，正因爲他們能自出新意，不爲當時文風所限。同樣的，杜甫是葉燮最推崇的詩人之一，他的詩句正反應出個人的體格、聲調、命意、性情，以及當時的社會民情、政治風俗，無怪乎他感嘆「奈何去古益遠，翻以此繩人耶？」〔註12〕

二、求媚於今人

時人文風的另一弊病是「求媚於今人」。所謂「今人」，常常指的是把持文壇輿論，操縱詩壇品評的領袖人物。葉燮說：「以爲如是則合，爲時人所尚；不如是則不合，爲今人所不尚。苟和焉，則雖有昧心之作，亦敢爲也，亦忍爲也。」〔註13〕對於以文逢迎諂媚，獲取官位名聲者，葉燮斥之爲「媚」。他說：「今之所謂名者，大約皆能媚於世，而世則從而悅之而稱之者也。」一旦將詩作視爲登龍門的截徑，勢必屈就無法暢所欲言。有所期待與要求的詩歌創作或文學批評，往往會把詩歌創作引入歧途。爲此他曾感慨道：

〔註11〕見《原詩》內篇上。

〔註12〕見《已畦文集》葉燮自序。

〔註13〕同註12。

竊怪夫好名者，非好垂後之名，而好目前之名。目前之名，必先工邀譽之學，得居高而呼者倡譽之，而後從風者群和之，以爲得風氣。〔註 14〕

又說：

詩之亡，又亡於好利。夫詩之盛，敦實學以崇虛名；其衰也，媒虛名以網厚實。於是以風雅壇坫爲居奇，以交遊朋盍爲牙市，是非淆而品格濫，詩道雜而多端，而友朋切劘之義，因之而衰矣。

以詩「立言」，亦屬三不朽之一。奈何許多沽名釣譽之士，以此作爲壟斷名利之工具，故詩之亡，亡於好名與好利。不但有愧於古人，也有傷於作者本身的性情與品格。

三、泥於死法

就詩歌創作而言，相對於死法的「活法」，是一個流行於北宋末年和南宋的批評術語。簡單來說，活法是指創作客體與主體之間密切聯繫，而使創作脫離純粹文字營造的技巧。細分之又可別爲紙上的活法與胸中的活法兩類；前者意指創作時不可拘泥於文字章法，應該得乎其中又出乎其外，如詞性靈活的轉換：「孤燈燃客夢，寒杵擣鄉愁」中的「燃」、「擣」二字。後者強調的是心靈上的圓融活絡，如呂本中所云：「筆頭傳活法，胸次即圓成」〔註 15〕。心活方可超越主客觀的對立及執著，跳脫字句規律，進而縱橫運轉。這樣的境界勢必加強作者本身的修養不可，故呂本中又說：「欲波瀾之闊去，須於規模令大，涵養吾氣而後可」〔註 16〕。除呂氏外，宋人江夔論詩，提倡「自然高妙」，但又不廢詩法，他說：「不知詩病，何由能詩？不觀詩法，何由知病？」〔註 17〕此處的「法」即是「乍敘事而間以理言」的活法。雖

〔註 14〕見《原詩》外篇上。
〔註 15〕見〈別後寄舍弟〉。
〔註 16〕見〈與曾吉甫論詩〉。
〔註 17〕見江夔《白石詩說》。

然活法境界高於死法，但對初學者而言，從字法、句法、章法等死法漸進，做到始則以法爲法，繼之以無法爲法之活用妙法，達到庖丁解牛的出神入化之境界，心之所至，筆亦至焉；心所不至，筆亦先至。從有法進而無法進而超越法度。

在創作原則中，活法優於死法是必然的，但即便像是杜甫、李白等一代宗師，也並非所有作品都合乎活法的標準。尤其詩聖杜甫，他是從極慘澹經營之奇，與不斷的粹鍊之中達到爐火純精的神妙境界。葉燮不贊成的是陳陳相因的熟調膚辭，或是以「體裁、聲調、氣象、格力諸法，著爲定則」，「凡使事、用句、用字，亦皆有一定之成規」等等囿於定律而無法別開生面的死法。

但葉燮並不因爲強調「活法」而否定了「死法」，就一般情形而言，他認爲「不必言法」。但對杜甫〈丹青引贈曹將軍霸〉〔註 18〕一詩，他卻從死法入手，詳盡分析了該詩的謀篇構思，章法節奏。茲引如下：

> 起手「將軍魏武之子孫」四句，如天半奇峰，拔地陡起。他人於此下便欲接「丹青」等語，用轉韻矣。忽接「學書」二句，又接「老至」「浮雲」二句，卻不轉韻，誦之殊覺緩而無謂。然一起奇峰高插，使又連一峰，將來如何撒手？故即跌下陂陀，沙礫石确，使人褰裳委步，無可盤桓。故作畫蛇添足，拖沓迤里，是遙望中峰地步。接「開元引見」

〔註 18〕〈丹青引贈曹將軍霸〉全詩：「將軍魏武之子孫，於今爲庶爲清門。英雄割據雖已矣，文采風流今尚存。學書初學衛夫人，但恨無過王右軍。丹青不知老將至，富貴於我如浮雲。開元之中常引見，承恩數上南薰殿。凌煙功臣少顏色，將軍下筆開生面。良相頭上進賢冠，猛將腰間大羽箭。褒公鄂公毛髮動，英姿颯爽來酣戰。先帝御馬玉花驄，畫工如山貌不同。是日牽來赤墀下，迥立閶闔生長風。詔謂將軍拂絹素，意匠慘澹經營中。須臾九重眞龍出，一洗萬古凡馬空。玉花卻在御榻上，榻上庭前屹相向。至尊含笑催賜金，人太僕皆惆悵。弟子韓幹早入室，亦能畫馬窮殊相。幹惟畫肉不畫骨，忍使驊騮氣凋喪。將軍善畫蓋有神，偶逢佳士亦寫眞。即今飄泊干戈際，屢貌尋常行路人。途窮反遭俗眼白，世上未有如公貧。但看古來盛名下，終日坎坷纏其身。」

> 二句，方轉入昔將軍正面。他人於此下，又便寫御馬「玉花驄」矣。接「凌煙」、「下筆」二句，蓋將軍丹青是主，先以學書作賓；轉韻畫馬是主，又先以畫功臣作賓。章法經營，極奇而整。此下似宜急轉韻入畫馬。又不轉韻，接「良相」「猛士」四句，賓中之賓，益覺無謂。不知其層次養局，故紆折其途，以漸升級高級峻處，令人目前忽劃然天開也。至此方八畫馬正面，一韻八句，連峰互映，萬笏凌霄，是中峰絕頂處。轉韻接「玉花」「御榻」四句，峰勢稍平，蛇蟺遊衍出之。忽接「弟子韓幹」四句，他人於此必轉韻，更將韓幹作排場。仍不轉韻，以韓幹作找足語。蓋此處不當更以賓作排場，重複掩主，便失體段。然後永嘆將軍善畫，包羅收拾，以感慨係之篇中焉。

全詩章法，極森嚴、整暇。他認爲杜甫能如此的原因是：「得之於心，應之於手，有化工而無人力，如夫子從心不踰之矩。」〔註19〕從有形可學的定法中跳脫，進而躍升至變化神妙的「無法之法」。

第三節　批評之實例

一、評論歷代詩學

論時代方面，葉燮也有不同於其他論詩者的觀點。一般而言，論詩者喜分唐界宋，或主盛唐，或主中晚，或主宋元，甚至爲古是尚。對於這些說法，葉燮在《原詩》外篇下都一一加以駁斥，他說：

> 從來論詩者，大約伸唐而絀宋。有謂唐人以詩言詩，主性情，於三百篇爲近；宋人以文爲詩，主議論，於三百篇爲遠。何言之謬也！唐人有議論者，杜甫是也。……彼先不知何者是議論，何者爲非議論，而妄分時代耶？……如言宋人以文爲詩，則李白樂府長短句，何嘗非文。

葉燮以爲一代有一代之正變，一時有一時之盛衰，各時代有其特色，有其大家；各大家亦有其特色與價值，所以不必限隔年代，在時代家

〔註19〕見《原詩》外篇下。

數上妄分軒輊。他說：「學詩者，不可忽略古人，亦不可附會古人。」詩人縱使有了自己的胸襟，仍要取材於古人，才能有所謂的創新：「原本於三百篇楚騷，浸淫於漢魏六朝唐宋諸大家，皆能會其指歸，得其神理。」〔註 20〕故《原詩》按照時代先後論列歷代之詩與諸大家，用意在此。

（一）詩經

> 讀三百篇而知其盡美矣，盡善矣，然非今之人所能爲，而亦無爲之之理，終亦不必爲之矣！〔註 21〕

《詩經》雖然是後代文學的本源，但若倒退學作詩經，就違背了文學發展的原理。葉燮在《黃葉村莊詩》序文中也說：「古人之詩，可似而不可學。學則爲步趨，似則爲吻合。」〔註 22〕三百篇是一種典型，不能模仿、亦無須模仿。因爲模仿的再相像，終究是拾人牙慧，離不開古人的影子。

（二）漢魏詩

> 繼之而漢魏之詩，美矣善矣，今之人庶能爲之，而無不可爲之，然不必爲之，或偶一爲之而不必似之。〔註 23〕

此段論述有兩個重點：其一「不必爲之」，與他對詩經的看法相同；其二「偶一爲之而不必似之」則意味不必刻意要求相似，不求似而似，葉燮稱之爲「吻合」。

（三）六朝詩

> 又繼之而讀六朝之詩，亦可謂美矣，亦可謂善矣。我可以擇而間爲之，亦可以恝而不置。〔註 24〕

六朝諸名家，雖各有一長，但俱非全璧。詩作可以「擇而間爲之」，

〔註 20〕見《原詩》內篇下。
〔註 21〕見《原詩》內篇下。
〔註 22〕參見《已畦文集》卷八之〈黃葉村莊詩集序〉。
〔註 23〕見《原詩》內篇下。
〔註 24〕見《原詩》內篇下。

指的是陶潛、謝靈運與謝朓三人。葉燮稱讚陶潛「澹遠」，靈運「警秀」，朓「高華」，三人均能各闢境界，道無人可名之句。其次如左思及鮑照，也都能自開生面。最下者如潘岳、沈約〔註25〕的詩作「幾無一首一語可取」〔註26〕，尤其是齊梁駢麗的詩風，千首一律，即使將數人之作置於一處，也無法分辨何人之作，故可恝而不顧。此與漢魏詩「無不可爲之」之間顯然有別。由此可看出葉燮對於六朝「本色無奇」之詩已有貶意。

（四）唐詩

又繼之讀唐人之詩，盡善盡美矣，我可以盡其心以爲之，又將變化神明而達之。〔註27〕

唐詩和三百篇是兩個盡善盡美的典型。三百篇時代較爲久遠，對後世的影響不若唐詩來得關係密切。唐詩的格律聲調體材命意均與後代詩作有關，可以盡心爲之，但切不可抄襲模擬，必須兼以變化神明，亦即所謂「自開生面，獨出機杼」〔註28〕。

（五）宋元詩

又繼之而讀宋之詩元之詩，美之變而仍美，善之變而仍善矣。吾縱其所如，而無不可爲之，可以進退出入而爲之。〔註29〕

宋元詩繼唐詩之後，以求「變」開拓新境界，故仍善仍美。當時詩壇上瀰漫著尊唐絀宋或尊宋絀唐的風氣，如汪琬等人即推崇宋元詩。葉燮以爲古今之詩相承相續，所謂「可以進退出入而爲之」是有意矯正

〔註25〕在《原詩》外篇下裡，葉燮說：「沈約云：『好詩圓轉如彈丸』。斯言雖未盡然，然亦有所得處。約能言之，及觀其詩，竟無一首能踐斯言者，何也？約詩惟『勿言一樽酒，明日難重持』二語稍佳；餘俱無可取。」

〔註26〕見《原詩》外篇下。

〔註27〕見《原詩》內篇下。

〔註28〕見《已畦文集》卷八〈百家唐詩序〉。

〔註29〕見《原詩》內篇下。

當時宋元詩派過渡模擬及剽竊的流弊。

（六）明代詩

明代距離葉燮最近，影響也最爲直接。但他對於明代除了高啓之詩能「兼唐宋元之長」外，其餘均缺乏正面的評價，尤以抨擊七子〔註30〕爲最，其他諸如竟陵派與公安派也有評論。

1. 批評二李（李夢陽、李攀龍）

> 如明李夢陽不讀唐以後書，李攀龍謂唐無古詩，……自若輩之論出，天下從而和之，推爲詩家正宗，家弦而户習。〔註31〕

葉燮在《原詩》一書中批評二李之處甚多，且集矢於李攀龍。其主要原因有三：一是對當時影響極爲深遠。二爲批判其文學史觀念的偏差。三是斥其剽竊模擬。

2. 批評竟陵派與公安派

> 五十年前，詩家群宗嘉隆七子之學，其學五古必漢魏，七古及諸體必盛唐。……故百年之間，守其高曾，不敢改物，熟調膚辭，陳陳相因。……於是楚風懲其弊，起而矯之，抹倒體裁聲調氣象格力諸說，獨闢蹊徑，而栩栩然自是也。夫必主乎體裁諸說者或失，則因盡抹倒之，而入瑣屑滑稽隱怪棘荊之境，以矜其新異，其過殆又甚焉。故楚風倡於一時，究不能入人之深、旋趨而旋棄之者，以其說之益無本也。〔註32〕

「楚風」的本義是楚地（今湖北）的詩歌，因爲公安派與竟陵派是當時楚地詩歌的兩大流派，故藉以指此二派之詩。朱彝尊《靜志居詩話》:「啓、禎之間，楚風無不效法公安、竟陵者。」公安三袁之袁宏道在神宗萬曆二十三年爲吳縣縣令，其文學思想對吳中騷人墨客或

〔註30〕吳宏一先生《清代詩學初探》一書中說，自錢謙益之後，批評七子以成爲清初的風氣。

〔註31〕見《原詩》內篇下。

〔註32〕見《原詩》外篇上。

有啓發作用，雖然在文學有古今之變，不必貴古賤今的部份，葉燮的文學觀與公安派相同，但是他仍然以「瑣屑滑稽」爲由批評公安派的詩學主張。除葉燮之外，錢謙益也認爲袁宏道矯枉過正，以致於「雅故滅裂，風華掃地」。對於竟陵派的流弊，葉氏評爲「隱怪棘荊」，錢氏亦有「深幽孤峭」之嘆〔註 33〕。公安、竟陵雖抹到了七子的詩學主張，然其流弊卻更勝於七子，無怪乎清初又回歸七子之復古主張。葉燮從文學發展正變相承的觀點調和折哀陳熟與生新，不失爲一種公平的見解。

二、評論歷代詩人

葉燮認爲詩風能由衰轉盛，全繫於詩人是否能變，變多出於豪傑之士，弱者則隨波逐流而已。雖然亦有因變而轉衰者。蕭子顯云：「若無新變，不能代雄。」葉燮說：

> 從來豪傑之士，未嘗不隨風會而出，而其力則常能轉風會。即如左思去魏未遠，其才豈不能爲建安詩邪？觀其縱橫躑踏，睥睨千古，絕無絲毫曹劉餘習。鮑照之才，迥出儕偶，而杜甫稱其俊逸。夫俊逸則非建安本色矣。千載後，無人不擊節此兩人之詩者，正以其不襲建安也。奈何去古益遠，翻以此繩人邪？〔註 34〕

「力大者大變，力小者小變」、「或一人獨自爲變，或數人而共爲變」，都因詩人之質素而異。在此評歷代詩人時，他就以此爲標準。如言及南北乾迄元明之詩人云：

> 歷梁、陳、隋以迄唐之垂拱，踵其習而益甚，勢不能不變。小變於沈、宋、雲龍之間，而大變於開元、天寶，高、岑、王、孟。此數人者，雖各有所因，而實一一能爲創。而集大成如杜甫，傑出如韓愈，專家如柳宗元，如劉禹錫，如李賀，如李商隱，如杜牧，如陸龜蒙諸子，一一

〔註 33〕見錢謙益《列朝詩集小傳》。
〔註 34〕見《原詩》內篇上。

> 皆特立興起，其他弱者，則因循世運，隨乎波流，不能振拔，所謂唐人本色也。宋詩襲唐人之舊，如徐鉉〔註 35〕、王禹偁〔註 36〕輩，純是唐音。蘇舜欽、梅堯臣出，始一大變，歐陽修亟稱二人不置。自後諸大家迭興，所造各有所極，今人一概稱爲宋詩者也。自是南宋、金、元作者不一，大家如陸游、范成大、元好問爲最，各能自見其才。有明之初，高啓爲冠，兼唐、宋、元人之長，初不於唐、宋、元人之詩有所爲軒輊也。〔註 37〕

而在各代詩人之中，葉燮特別推崇杜甫、韓愈、蘇軾。推崇杜甫，不僅在他能轉變前代詩風，亦在其詩能包源流、綜正變，影響後代至鉅。他說：

> 杜甫之詩，包源流、綜正變，自甫以前，如漢魏之渾樸古雅，六朝之藻麗穠纖，澹遠韶秀，甫詩無一不備，然出於甫，皆甫之詩，無一字句爲前人之詩也。自甫之後，在唐如韓愈、李賀之奇奡，劉禹錫、杜牧之雄傑，劉長卿之流利，溫庭筠、李商隱之輕豔，以至宋、金、元、明之詩家，稱巨擘者無慮數十百人，各自炫奇翻異，而甫無一不爲之開先。此其巧無不到，力無不舉，長盛於千古，不能衰，不可衰也。〔註 38〕

「包源流、綜正變」之說，即是包含詩變而不失其正的風、雅，以及變以救正的漢魏六朝。將杜詩置於文學史的流變中來加以批評。杜甫的詩作還善於變化，且在變化中又不失其正。葉燮說：

〔註 35〕徐鉉（916～991 年），字鼎臣，仕南唐爲翰林學士，降宋官散騎常侍，世稱徐騎省，有騎省集。詩學白居易，主要學他晚年的閑適詩，抒寫安逸的生活。

〔註 36〕王禹偁（954～1001 年），字元之，出身微寒，做官三次被貶，對政治黑暗與民生疾苦有較深的體認。在詩歌創作方面效法杜甫、白居易的寫實精神。吳之振在《宋詩鈔》中說其爲：「獨開有宋風氣，於是歐陽文忠得以承流接響。」葉燮將其與徐鉉至於一處，似乎不妥。

〔註 37〕見《原詩》外篇下。

〔註 38〕同註 37。

變化而不失其正，千古詩人，爲杜甫爲能。高、岑、王、孟諸子，設色止矣，皆未可語以變化也。夫作詩者，至能成一家之言足矣。此猶清任和三子之聖，各極其至，而集大成、聖而不可之之謂神，惟夫子。杜甫，詩之神者也，夫惟神乃能變化。〔註39〕

葉燮所言後代詩之正變，已非如風、雅之「時有變而詩因之」，而是從「體格、聲調、命意、措辭、新故升降之不同」形成的。所以「正」是指遵循傳統所遺之風格，「變」則是新創的風格。於具體評析杜詩時，「綜正變」即是說杜詩既含寓傳統所遺之風格，又能開出獨創之風格，所以有「然出於甫，皆甫之詩，無一字句爲前人之詩也」之說。葉氏從「變」之中論其成就，例如：

杜甫七言長篇，變化神妙，極慘澹經營之奇。〔註40〕

至如杜之〈哀王孫〉，終偏一韻，變化波瀾，層層掉換，竟似逐段換韻者，七古能事，至斯已極，非學者所亦步趨耳。〔註41〕

杜詩於宋、明之間，有謂集詩學之大成者；有謂風騷之後，一人而已者。究其所論，皆因杜詩中蘊有一飯不忘君的精神。清初諸家從「集詩之大成」的角度來評論杜詩之人，除葉燮外，其他如施潤章言：

樂府五言諸體，不爲擬古之作，即事名篇，意主獨造，而集其大成，以是爲不可及。〔註42〕

所謂「不擬古之作」，即指杜詩不蹈襲前人之語，「意主獨造」則謂杜詩必變化前人之語而以己意行之，故能集大成。

承接杜甫之後，葉燮也推崇韓愈、蘇軾能大變詩風，使詩道由衰轉盛，其言曰：

唐詩爲八代以來一大變，韓愈爲唐詩之一大變。其力大、其思維，崛起特爲鼻祖。宋之蘇、梅、歐、王、黃，皆愈

〔註39〕同註37。

〔註40〕同註37。

〔註41〕同註37。

〔註42〕見施潤章《學餘堂文集》卷三〈原詩序〉。

> 爲之發其端，可謂極盛。……開、寶之詩，一時非不盛，遞至大曆、貞元、元和之間，沿其影響字句者且百年，此百餘年之詩，其傳者已少殊尤出類之作，不傳者更可知矣。必待有人正起而撥正之，則不得不改絃而更張之。愈嘗自謂陳言之務去，想其時陳言之爲禍，必有出於目不忍見，耳不堪聞者，使天下之心思智慧，日腐爛埋沒於陳言中，排之者比於救焚拯溺，可不力乎？……如蘇軾之詩，其境界皆開闢古今之所未有，天地萬物，嬉笑怒罵，無不鼓舞於筆端，而適如其意之所欲出，此韓愈後之一大變也。〔註 43〕

但面對詩人之不能變，或變之太過的，葉燮也有不滿之辭，如批評鮑照、庾信之詩云：

> 六朝諸名家，各有一長，俱非全璧。鮑照、庾信之詩，杜甫以清新、俊逸歸之，似能出乎類者。就之拘方以內，畫於習氣，而不能變通；然漸闢唐人之所牖，而啓其手眼，不可謂庾不爲之先也。〔註 44〕

又如評梅堯臣、蘇舜欽詩云：

> 開宋詩一代之面目者，始於梅堯臣、蘇舜欽〔註 45〕二人。自漢、魏至晚唐，詩雖遽變，皆據留不盡之意，即晚唐猶存餘地，讀罷掩卷，猶令人屬思久之。自梅、蘇變盡崑體，獨創生新，必辭盡於言，言盡於意，發揮鋪寫，曲折層累以赴之，竭盡乃止。才人伎倆，騰踔六合之內，縱其所如，無不可者；然含蓄渟泓之意，亦少衰矣。〔註 46〕

評學李賀詩者云：

> 李賀鬼才，其造語入險，正如倉頡造字，可使鬼夜哭。王

〔註 43〕同註 37。

〔註 44〕同註 37。

〔註 45〕梅堯臣（1002～1060 年），字聖俞，著有《宛陵先生集》。蘇舜欽（1008～1048 年），字子美，有蘇學士文集。他們都是以歐陽修爲中心的詩文革新運動中的重要作家。

〔註 46〕同註 37。

世貞曰:「長吉師心，故爾作怪，有出人意表;然奇過則凡，老過則，所謂不可無一，不可有二。」余嘗謂世貞評詩，有極切當者，非同時諸家可比。「奇過則凡」一語，尤爲學李賀者下一痛砭也。

對於明代李夢陽、何景明、李攀龍三人所持「不讀唐以後書」、「唐無五言古詩而有其古詩」、「陳子昂以其古詩爲古詩」等說不表贊同，他說：

余之論詩，謂後代之習，大概斥近而宗遠，排變而崇正，爲失其中而過其實，故言非在前者之必盛，在後者之必衰。……惟有明二三作者，高自位置，惟不敢自居於《三百篇》，而漢、魏、初盛唐居然兼總而有之而不少讓。平心而論，斯人也，實漢、魏、唐人之優孟耳。

乃近代論詩者，則曰《三百篇》尚矣，五言必建安、黄初，其餘諸體，必唐之「初」、「盛」而後可，非是者必斥焉。

針對李夢陽「不讀唐以後書」的說法，他的看法是：

有明之初，高啓爲冠，兼唐、宋、元人之長，初不於唐、宋、元人之詩有所爲軒輊也。自不讀唐以後書之論出，於是稱詩者必曰唐詩，苟稱其人之詩爲宋詩，無異於唾罵。

又說：

竊以爲李之斥唐以後之作者，非能深入其人之心而洞伐其髓也;亦僅彷彿皮毛形似之間，但欲高自位置，以亦門户，壓倒唐以後作者，而不知已飲食之而役隸於其家矣。李與何彼唱予和，互相標榜，而其言如此，亦見誠之不可揜也。由是言之，則凡好爲高論大言，故作欺人之語，而終不可以自欺也夫！

此外，針對李攀龍之「唐無五言古詩而有其古詩」及「陳子昂以其古詩爲古詩」之說，葉燮評曰：

盛唐諸詩人，惟能不爲建安之古詩，吾乃謂唐有古詩，若必摹漢、魏之聲調字句，此漢、魏有詩，而唐無古詩矣。且彼所謂陳子昂以其古詩爲古詩，正惟子昂能自爲古詩，所以爲子昂之詩耳。然吾謂猶子昂古詩，尚蹈襲漢、魏蹊徑，竟有全似阮籍〈詠懷〉之作者，失自家體段，猶訾子昂不能以其古詩爲古詩，乃翻勿取其自爲古詩，不亦異乎？

令葉燮最感到痛心的，更是在於二李之說，影響當時與後代詩風甚大。附和的家絃戶習，反對的更流於偏頗，致使詩到淪喪。他說：

若輩之論出，天下從而和之，推爲詩家正宗，家絃而户習。習之漸久，乃有起而掊之，矯而反之者，誠是也。然又往往溺於偏畸之私說。其說勝，則出乎陳腐而入乎頗僻；不勝，則兩敝，而詩道遂淪而不可救。

造成這種現象的原因，據葉燮的分析爲：

由稱詩之人，才短力弱，識又矇焉而不知所衷；既不能之詩之源流、本末、正變、盛衰互爲循環，並不能辨古今作者之心思、才力、深淺、高下、長短；孰爲沿爲革？孰爲創爲因？孰爲流弊而衰？孰爲救衰而盛？一一剖析而縷分之，兼綜而條貫之，徒自詡矜張，爲郭廓隔膜之談，以欺人而自欺也。於是百家爭鳴，互自標榜，膠固一偏，剿獵成說；後生小子，耳食者多，是非淆而性情汨，不能不三歎於風雅之日衰也。

除此之外，在《原詩》內篇下，葉燮還借一段問答來闡明這個道理，他說：

竊以爲相似而僞，無寧相異而眞，故不必泥前盛後衰爲論也。……故不讀明良、擊壤之歌，不知三百篇之工也。不讀三百篇，不知漢魏詩之工也。……不讀唐詩，不知宋與元詩之工也。夫惟前者啓之，而後者承之而益之；前者創之，而後者因之而廣大之。……總之後人無前人，何以有其端緒？前人無後人，何以竟其引伸乎？

歸結上述二個重要論點，其一，葉燮以爲「相似而僞，無寧相異而眞」。故其反對專事摹擬、字比句擬的擬古派。其二，他認爲後人必須廣泛閱覽歷代詩，有所承益，才能廣大。所以他反對師心自用，但標性靈的反擬古者。因此他說：

吾願學詩者，必從先型以察其源流，識其升降。〔註47〕

又說：

推崇宋元者，菲薄唐人；節取中晚者，遺置漢魏。則執其源而遺其流者，固己非矣；得其流而棄其源者，又非之非者乎？〔註48〕

論詩作詩者一定要能兼容並蓄，兼取眾長，而後方能成爲大家。

上述均爲葉燮評論歷代詩論及詩人之語，茲引其弟子沈德潛所撰〈葉先生傳〉中的一段話，說明他對自己的作詩爲文的要求。

我詩於酬答往還，或小小賦物，了無異人。若登臨憑弔，包納古今；遭讒遇變，哀怨幽噫，一吐其胸中所欲言，與眾人所不能言、不敢言。雖前賢在側，未肯多讓。〔註49〕

對己之要求與期望甚嚴可見一斑。當他在橫山下築室授徒，汪琬亦在堯峰教授門徒，適時兩方持論鑿枘，相互詆諆，兩家門下弟子亦各持師說，互不相讓。葉燮因此而著有《汪文摘謬》，說道不滿汪氏文者，乃因其名太高、氣過盛，故羅列其失，俾使平心靜氣以歸中正之道。但汪琬過世後，葉燮感慨「誰譏彈吾文」而嘆曰：「吾失一諍友矣。」遂取昔日所摘錄汪文短處，全數焚毀，亦可見其溫柔敦厚的一面。

〔註47〕同註37。
〔註48〕同註37。
〔註49〕同註37。

第七章　葉燮的詩學成就及其影響

受到改朝換代的影響，明末清初的詩論家，多半仍有遺民憂國憂時之慟。益以反對明末王學末流的空疏浮淺，文學作品之中也傾向於要言之有物，以期能經世致用。清初的詩歌成就雖不及唐宋，但在文學理論方面，卻能集眾家之說，開出另一條集大成之路，其詩論特色，即在爲總結傳統詩歌理論，而有「論述明確清晰」、「理論系統完整」、「綜合各家思想」等特點。葉燮有鑑於明末清初的詩壇，或尊唐或宗宋，各立門戶，彼此詆訶，相互交譏，故作《原詩》四卷，昌言剖析前後七子復古模擬、公安派唯求新變之謬誤；強調作詩應本於道、合於物，明瞭詩歌源流本末、正變盛衰之關係。本章綜合歷來學者之述評及前數章論點，說明葉燮詩學成就、影響及侷限。

第一節　葉燮之詩學成就

一、反對復古模擬，強調發展變化的正變說

明人論詩，各承師說標立門戶。以李夢陽、何景明爲首的前七子，以王世貞、李攀龍爲首的後七子，倡言「文必秦漢，詩必盛唐，非是者弗道。」〔註1〕後以袁宏道三兄弟爲代表的公安派，以鍾

〔註 1〕見《明史・文苑傳》，張廷玉等撰，中國學術類編，楊家駱主編，台

惺、譚元春爲主的竟陵派，先後起來矯正前後七子的復古主張。強調「獨抒性靈，不拘格套」〔註2〕，非從己之胸臆中出，不肯下筆。強調個人性靈，掃除復古論調。入清之後，交界詩壇仍存有唐、宋之爭，詩者隨個人喜好而有不同門派。如納蘭性德（1655～1685年）道：

> 十年前之詩人，皆唐之詩人也，必嗤點夫宋；近年來之詩人，皆宋之詩人也，必嗤點夫唐。……如矮子觀場，隨人喜怒，而不知自有之面目。〔註3〕

此語頗似葉燮論詩之主張：「相似而僞，無寧相異而眞。」又說：「古人之詩，可似而不可學，學則爲步趨，似則爲吻合。」〔註4〕《原詩》從歷史發展的角度，論述了從《經詩》以降迄於清初詩歌源流正變的歷史發展過程，不啻爲一部詩史之作。葉燮詩論主張最大的特點在於反對復古模擬，強調發展變化的「正變說」。「變」是事物發展的規律，中國詩歌的演變，即是在正變盛衰、沿革因創中完成的。詩歌的變，不是退後，而是一個「踵事增華」的過程，故「前人啓之，而後者承之而益之；前者創之，而後者因之而廣大之」。隨時代變遷與詩人才力高下之不同，詩作不得不變。他說：

> 蓋自有天地以來，古今世運氣數，遞變遷以相禪。古云：「天道十年而一變。」此理也，亦勢也，無事無物不然。寧獨詩之一道，膠固而不變乎？〔註5〕

上述「理」是指世運氣數之理，是自然而然之理。「勢」是遞嬗變遷

北：鼎文書局。

〔註 2〕見袁宏道〈序小修詩〉，見鍾伯敬增定《袁中郎全集》卷一。

〔註 3〕見納蘭性德《通志堂集》中〈原詩〉一文所述。他強調「眞情」乃詩之本，詩歌創作應有眞實的感情和鮮明的個性。他不滿明代以來詩壇上的模擬風氣，指出學詩「無問唐也、宋也」，而應找出自己的個性和特點。故被稱爲「國初第一詞人」（況周頤《蕙風詞話》），「北宋以來，一人而以」（王國維《人間詞話》）。

〔註 4〕見《原詩》外篇下。

〔註 5〕見《原詩》内篇上。

之勢，是萬事萬物必然發展的趨勢。葉燮以為，世間萬物都並非永恆的存在，而是時時處於變化發展之中。以當時詩界仍瀰漫尊唐崇宋的風氣而言，葉氏的主張的確是言前人所未言，發前人所未發之見。

就詩歌發展來說，「變」有二種，其一是就詩之源而言，時變而詩因之，屬於歷史關係。時代不同，詩的內容與創作的態度自然不同，但是都不離詩之本，所以有盛無衰。其二是就詩之流而言，詩變而時隨之。從詩作體制、風格、技巧方面的不同以分別時代，就詩之本（理事情三者）而言有合有離，故其詩亦有盛有衰，此乃屬於文學自身發展的內在因素。綜上所述，即是他所謂源流本末、正變盛衰。

其所謂「變」，有小變、有大變之別。在共同時代中能矯然自成一家者是小變；能矯然自成一家且轉變潮流者是大變。就變的本身而言，並無衰之別；然就文學（包括詩）的變化而言，雖變為自然趨勢，倘若變而離本，就可能有因變而得盛或轉衰之別。

二、詩之本與詩人之本

何謂「本」？葉燮認為「本」包括了詩之本與詩人之本二種，詩之本是「理事情」三者客觀萬物，脫離此三者而言詩作詩，不過是模擬與剽竊。詩人之本則為「才膽識力」，此四者能夠窮盡此心之神明，世間形形色色的萬事萬物，無不待於此而發宣昭著。

（一）衡在物之三——論詩歌理、事、情三要素

就客觀萬事萬物而言，葉燮以為世間存在之萬物，都是理事情三者的統一。然何謂理、事、情？即如本文第四章所述：「其能發生者，理也；其既發生，則事也；既發生之後，夭矯滋植，情狀萬千，咸有自得之趣，則情也。」據此，「理」是事物發生的必然趨勢；「事」為事物的客觀存在；「情」則是客觀存在的萬事萬物所呈現出來千姿百態的情狀。就自然現象而言，天地萬物的型態，從乾坤定位、日月

運行，以至於草木榮枯、禽獸飛走，莫不依此三者呈現。就人爲現象來說，備天地的六經是理事情三者之權輿；分開而言，則「《易》似專言乎理，《書》、《春秋》、《禮》似專言乎事，《詩》似專言乎情。」〔註6〕除了具體的現象之外，葉氏以爲天地之大，還有「不可名言」、「不可施見」以及「不可逕達」的理事情。遇到這種情況，只能以「幽渺」爲理，以「想像」爲事，以「惝恍」爲「情」，方能創作出理至、情至、事至之詩文。

（二）以在我之四——論作家的胸襟和才膽識力

就主觀條件來說，詩人的胸襟與才膽識力是決定詩歌價值的主要因素。「胸襟」是作詩的基礎，「有胸襟，然後能載其性情、智慧、聰明才辨以出，隨遇發生，隨生即盛。」有了根基，才能對生活中一切事物產生感情，也才能寫出具有眞實情感之詩文，如杜甫之所以能「隨所遇之人、之境、之事、之物，無處不發其思君王、憂禍亂，悲時日、念友朋、吊古人、懷遠道……」之嘆，皆因其有胸襟作爲基礎之故。構成「胸襟」的四個因素爲才膽識力。所謂「才」，指作者的創作才能，包括觀察、想像、概括、鑑賞等能力；所謂「膽」，指的是創作時候敢於除舊創新的膽量與氣魄；所謂「識」，指的是學識、見識、閱歷，包含認識、辨別、分析客觀事物的能力及思想；所謂「力」，指的是作者的詩內功夫，即富於獨創性與純熟的寫作技巧。分而言之，四者各有所司；合而論之，四者相輔相成，密不可分，「無才則心思不出，無膽則筆墨畏宿，無識則不能取捨，無力則不能自成一家」。儘管四者交相爲濟，缺一不可，但嚴格說來，以「識」起決定作用，無識則其他三者無所寄託。

敏澤在《中國美學思想史》一書中，把葉燮《原詩》的理論體系概括爲以下的圖式：

〔註6〕見《已畦文集》卷十三。

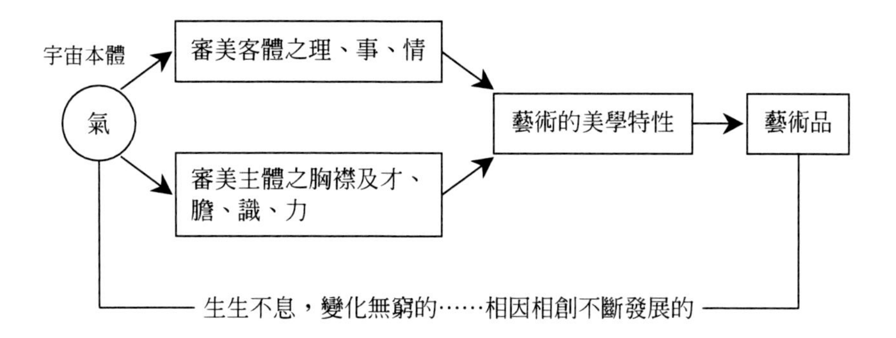

他認爲構成《原詩》詩學體系主要有：美論、藝術的美學特性、主體論、文學史觀四個部份，每一個組成各有其內在要素，可再分爲三個層次。第一個層次是關於美論及藝術本源論。從宇宙本體來說，「氣」爲核心，統攝萬物。至於詩歌的本原，傳統詩論言感物言志；葉燮則以爲應該是主體與客體的合一。第二個層次是從美學的客體與主體上立論，葉燮強調以在我之四的才膽識力，與衡在物之三的理事情，結合成爲詩文。第三個層次是從藝術鑑賞方面來說，屬於文學批評的部份。這三個層次貫穿爲一線，並以相禪相續、相沿相革的正變盛衰爲發展特色。

三、創闢其識，自成一家之言

葉燮本於重「變」的精神，綜千古論詩，以其雄才博識，不僅析論深入，所言亦自成一家。沈珩〈原詩序〉中稱讚此書的成就與特色爲「非以詩言詩」，他說：

> 然自古宗工宿匠所以稱詩之說，僅散見評騭間，一支一節之常者耳；未嘗有創闢其識，綜貫成一家言，出以砭其迷、開其悟。……星期先生，其才揮斥八極，而又馳騁百家。讀《已畦詩》，風格眞大家宗傳。其話鋒絕識，洞空達幽，足方駕少陵、昌黎、眉山三君子。乃復憫學者障錮於淫皮，忑焉憂之，發爲《原詩》內外篇。內篇，標宗旨也。外篇，肆博辨也。非以詩言詩也。凡天地間日月雲物，山川類族之所以動盪，虬龍杳幻、鼪鼯悲嘯之所以神奇，皇帝王霸、

忠賢節俠之所以明其尚，神鬼感通、愛惡好毀之所以彰其機，莫不條引夫端倪，摹畫夫毫芒，而以之權衡乎詩之正變、與諸家持論之得失，語語如震霆之破睡。

其他如沈楙悳在〈原詩跋〉中對葉燮力挽當時詩風的努力尤加激賞。他說：

自有詩以來，求其盡一代之人，取古人之詩之氣體生辭篇章字句，節節摩仿而不容纖毫自致其性情，蓋未有如前明者。國初諸老，尚多沿襲。獨橫山起而力破之，作《原詩》內外篇，盡掃古今盛衰正變之膚說，而極論不可明言之理與不可明言之情與事，必欲自具胸襟，不徒求諸詩之中而正。

林雲銘〈原詩敘〉中站在作詩與論詩之源的角度，讚譽此書，他說：

大約尊古而卑今，其所從來舊矣。凡此皆未睹乎詩之原也。嘉善葉子星期，著有《原詩》內外篇四卷，直抉古今來作詩本領，而痛掃後世各持所見以論詩流弊。……今星期所著，悉余二十年來胸臆中揆度欲吐、而不能即吐之語，一玩味間，不覺鼓掌稱快，如獲故物，雖欲加贊一詞而不可得。

張玉書《補刻已畦先生詩序》中亦云：

國朝初，吳中詩人沿鍾、譚餘習，竟爲可解不可解之語，以自欺欺人，病在荒幻。既又矢口南宋，……有對仗而無氣脈，病在纖佻。於少陵之「鯨魚碧海」，昌黎之「巨刃摩天」，東坡之「萬斛源泉隨地湧出」，胥失之矣。我師已畦先生起而挽之，作《原詩》內外篇四卷。

葉燮高徒沈德潛在《清詩別裁集》卷十中說：

先生論詩，一曰生，一曰新，一曰深，凡一切庸熟、陳舊、浮淺語，須掃而空之。今觀其集中諸作，意必鉤元，語必獨造，寧不諧俗，不肯隨俗，戛戛於諸名家中，能拔戟自成一隊者。

阮元《兩浙輶軒錄》引錢仁榮語曰：

（葉燮）與石門吳孟舉相友善，所爲詩不驚人不道。嘗謂古今詩人，只有唐杜甫、韓愈，宋蘇軾三人而已。

徐世昌《晚晴簃詩匯・詩話》云：

其（指葉燮）詩不隨俗作甜熟語，寧拙毋樸，漁洋、歸愚皆盛推之。絕句尤多弦外之音，如〈詠梅花開至九分〉云：「祝汝一分留作伴，可憐處士已無家」。又〈題扇畫松〉云：「憑君棄置秋風後，常在笥中耐歲寒」。兀傲自喜，孤懷如此。

鄒之誠在《清詩紀事初編》中說：

燮詩文宗韓、杜，刻核有法，與曹溶酬唱甚多，兩人皆尊杜者。吳之振純乎宋派，亦共吟壇，則不解所由矣。《原詩》四卷，專爲尊唐，力辟時人徒襲范、陸皮毛之非。謂詩以生、新、深爲主。于舉世尊宋之時，獨持己見，發聳振聵，信豪傑之士。

郭紹虞在校點本《清詩話》的前言裡說：

葉燮論詩之長，在於用文學史流變的眼光和方法以批評文學，故對詩之正變或盛衰，能有極透徹的見解。他看到有源必有流，有本必達末，以糾正明七子以來的擬古風氣；同時又能於演變中看出有不變者存，故又與一般主張師心、標舉性靈者不同。而畏因流而溯源，循末以返本。至于他論作詩之本，則又以理、事、情三者來概括被表現的客觀事，以才、膽、識、力四者來說明詩人主觀活動。……他在內篇中就是這樣辯證地論詩，所以比較全面。外篇中再雜論詩歌創作各方面的問題，也都有精闢之見，所以是清詩話中較好的著作。

近代學者蔣凡所著之《葉燮與原詩》，對其評價爲：

……《四庫全書總目提要》曾指責它：「雖極縱橫博辯之致，是作論之體，非評詩之體。」實際上，《提要》作者的批評，恰恰從反面說明了《原詩》突破傳統的獨創精神和新的理論貢獻。即使是具體的「評詩」，因爲有了堅實的理論基礎，所以能夠高瞻遠矚，窮本溯源，確有眞知灼見，常能勝人一籌，這怎麼能說是「非評詩之體」呢？……應該承認，

> 在我國的古典文學理論批評專著中，除劉勰《文心雕龍》外，《原詩》是一部比較成熟、最成體系的著作，這是其他詩話曲語、圈批評點之作所難以比擬的。

葉德炯《重刊己畦集書後》云：

> 公論詩主生新深，平居以杜韓蘇三集教授其門人，殆以漁洋神韻之説，不免失之空虛，故託辭求范陸之失，隱砭漁洋，未可知也。

這段話雖非專就《原詩》而言，卻與它關係最爲密切。《原詩》中標榜杜甫的鯨魚碧海、韓愈的巨刃摩天、蘇軾的萬斛原泉隨地湧出，原是人人所共知的，「求范陸之失」也是《原詩》中一再提到的，不成問題；需說明的是「論詩主生新深」一語與「隱砭漁洋」一事。

《原詩》中將生新與陳熟並舉，生新指創新，陳熟指因襲，並設喻說：「器用以商周爲寶，是舊勝新；美人以新知爲佳，是新勝舊。」以爲但主生新，則根基不厚，其失也浮淺；但主因襲而不創新，則難免剽竊之譏，只爲古人影子。必須二者相濟相成而後可。至於「隱砭漁洋」，說王士禛標榜宋元詩，是不成問題的。因爲王士禛中年之後曾經「越三唐而事兩宋」，說過「耳食紛紛說開寶，幾人眼見宋元詩」〔註7〕的話，但他標榜過「中天坡谷兩嶙峋」的蘇黃，並未特別標榜范陸。事實上，就《原詩》中許多批評汪琬《唐詩正序》的論點來看，葉燮「託辭求范陸之失」，所要「隱砭」的並非王士禛，而是汪琬。

第二節　葉燮詩論的影響與侷限

一、葉燮詩論的影響

在詩論方面受葉燮影響的，有薛雪〔註8〕、沈德潛〔註9〕、李重

〔註7〕見王士禛《漁洋精華錄訓纂》卷五〈戲仿元遺山論詩絕句三十二首〉。

〔註8〕薛雪（1681～1763年），字生白，號一瓢，蘇州人。舉博學鴻詞，不

華〔註10〕、吳雷發〔註11〕等人。但較爲著名的是薛雪及沈德潛二人，茲說明如下：

葉燮對詩人的要求除「才膽識力」之外，還強調要有高尙廣闊的「胸襟」。他說：「我謂作詩者，亦必先有詩之基焉。詩之基，其人之胸襟也」。詩雖然可學而能，但如要求詩之工而可傳之於後世，就不能僅靠讀古人之詩，根本的問題在於作者本身要有博大的胸襟。所謂「胸襟」，是指作家的思想、精神、志趣與情操，且必有胸襟以爲基，而後可以爲詩文。薛雪也認爲「具得胸襟，人品必高。人品既高，其一謦一欬，一揮一灑，必有過人之處。」〔註12〕沈德潛也說：「有第一等襟抱，第一等學識，斯有第一等眞詩。」〔註13〕

葉燮主張詩人必須獨樹一幟，有自己的面目，反對剽竊模擬，薛雪則言：「學詩須有才思，有學力，尤其要有志氣，方能卓然自立，與古人抗衡。若一步一趨，描寫古人，已屬寄人籬下。何況學漢魏，則拾漢魏之唾餘；學唐宋，則啜唐宋之殘膏。非無才思學力，直自無志氣耳。」〔註14〕又說：「擬古二字，誤盡蒼生。」〔註15〕除理論之

就。工書畫，精醫。著有《周易粹義》、《醫經原旨》、《一瓢齋詩存》、《一瓢詩話》，編選有《唐人小律花語集》等。

〔註9〕沈德潛（1673～1769年），字確士，號歸愚，長洲人。乾隆進士，官內閣學士、禮部侍郎。著有《歸愚詩文鈔》、《說詩晬語》，編選有《古詩源》、《唐詩別裁》等。

〔註10〕李重華（1682～1754年），字實君，號玉洲，震澤（今蘇州吳江）人。少嘗從張大受游。雍正二年（1732年）從四川鄉試副考官。著有《貞一齋集》、《貞一齋詩說》。其詩論主「意」，「意立而象與音隨之」。又提出詩有五長之說，分別爲「神運、氣運、巧運、詞運、事運」，而以運意爲先。

〔註11〕吳雷發，生足年不詳。字起蛟，號夜鐘，又號寒塘。吳江人（今屬江蘇蘇州）。著有《說詩管蒯》、《寒塘詩話》、《香天談藪》、《晨鐘路》等。其詩論偏於性靈，重視詩情的眞實自然。提出詩人創作的主觀條件一爲「胸明眼高」、一是「虛心下氣」。故作詩需先治其心，方能治其詩。

〔註12〕見《一瓢詩話》。

〔註13〕見《說詩晬語》卷六。

〔註14〕見《一瓢詩話》卷二。

外，薛雪也說明了詩文創作的法則：

> 范德機云：「吾平生作詩，稿成讀之，不似古人，即焚去。」余則不然：作詩稿成讀之，覺似古人，即焚去。

在「取材」方面，葉燮說：「夫作詩者，既有胸襟，必取材於古人。」薛雪在這方面亦源自葉燮，他說：

> 既有胸襟，必取材於古人，原本於三百篇、楚騷，浸淫於漢、魏、六朝、唐、宋諸大家，皆能會其指歸，得其神理。以是爲詩，正不傷庸，奇不傷怪，麗不傷浮，博不傷僻，決無剽竊吞剝之病矣。〔註16〕

正大之詩易流於平庸，新奇之詩易流於怪誕，工麗之詩偶流於淺浮，博奧之詩或被人目爲頗僻，但學詩者浸淫既深，方向又正，則可避免此遺憾。上述引文除了少數幾個字不同，幾乎全部襲自《原詩》。亦可見薛雪受葉燮影響之深。

薛雪除了推衍葉燮詩論之外，他也主張作詩要有語不驚人死不休的衝勁，他深知古人作詩「吟成五個字，撚斷數莖鬚」的甘苦，對於那些「搖筆便成，其一其二其三連篇累牘，不幾年間，刻稿問世」的詩人，深表不滿。

沈德潛也主張詩人應有自己的性情面目，他說：「性情面目，人人各具。讀太白詩，如見其脫屣千乘。讀少陵詩，如見其憂國傷時。其世不我容，愛才若渴者，昌黎之詩也。其嘻笑怒罵，風流儒雅者，東坡之詩也。……倘詞可餽貧，工同鞶悅，而性情面目，隱而不見，何以使尚友古人者讀其書、想見其人乎？」〔註17〕

自從嚴羽反對「以議論爲詩」之後，詩中是否可發議論，一直爲詩家所爭論。葉燮舉了詩經的二雅及杜甫〈赴奉先縣詠懷〉、〈八哀〉、〈北征〉諸詩，說明詩中可以發議論。沈德潛對於此發揮道：「人謂詩主性情，不主議論，似也，而亦不盡然。試思二雅中何處無議論？

〔註15〕見《一瓢詩話》卷五十一。

〔註16〕見薛雪《一瓢詩話》卷五。

〔註17〕見《說詩晬語》卷下八十四。

杜老古詩中〈奉先詠懷〉、〈八哀〉、〈北征〉諸作，近體中〈蜀相〉、〈詠懷〉、〈諸將〉諸作，純乎議論。但議論須帶情韻以行，勿近傖父面目耳。」〔註18〕他明確指出，詩中議論要「含醞藉微遠之致」、「須帶情韻以行」。並舉實例以作說明，如〈奉先詠懷〉中「朱門酒肉臭，路有凍死骨」，〈詠懷〉中「三分割據紆籌策，萬古雲霄一羽毛」之類，都是透過借物引懷以抒之的方式，發表議論。又如〈北征〉中「乾坤含瘡痍，憂虞何時畢」，〈蜀相〉中「出師未捷身先死，長使英雄淚滿巾」，〈秋興〉中「同學少年多不賤，五陵衣馬自輕肥」等，可說是帶情韻以行的最佳例證。

沈德潛在《說詩晬語》一開頭，就強調詩歌創作在「質」方面要用「形象思維」的特點，他說：

> 事難顯陳，理難言罄，每託物連類以形之。鬱情欲舒，天機隨觸，每借物引懷以抒之。比興互陳，反覆唱嘆，而中藏之懽愉慘戚，隱躍欲傳，其言淺，其情深也。倘質直敷陳，絕無蘊蓄，以無情之語而欲動人之情，難矣。

要求「託物連類」、「比興互陳」、「言淺情深」，反對質直敷陳，絕無蘊蓄、「無情之語」等等，這些都和葉燮的詩論主張一致。

二、葉燮詩論的侷限

蘇州一代，文風鼎盛，在清代詩學中的地位非常重要。如形式批評的崛起，理論系統的建立，皆以此爲發源地。葉燮與其弟子之詩論雖主唐朝，然因其著重於正變源流之發展，對於漢魏六朝宋元等詩皆能兼採並收、鎔鑄舊說，賦予新意。《原詩》力矯古今詩壇弊病，當時吳中人士「始而訾謷之，久乃更從其說」〔註19〕。他的學生與文人詩人，對《原詩》一書及其論詩的主張甚爲推崇。如張玉書在《補刻已畦先生詩序》中說：

> 國朝初，吳中詩人沿鍾、譚餘習，竟爲可解不可解之語，

〔註18〕見《說詩晬語》卷下六十。
〔註19〕見《清史列傳》卷七十〈葉燮傳〉。

以自欺欺人，病在荒幻。既又矢口南宋，家石湖、户劍南，有對仗而無氣脈，病在纖佻。於少陵之鯨魚碧海，昌黎之巨仞摩天，東坡之萬斛源泉隨地湧出，胥失之矣。我師已畦先生起而挽之，作原詩内外篇四卷。

又林雲銘作《原詩》序稱他是「詩文宗匠」，稱讚其著作「直抉古今來作詩本領，而痛掃後世各持所見以論詩流弊。娓娓雄辯，靡不高踞絕頂，顛撲不破。」從這些評價中，可知葉燮《原詩》及其理論主張，在當時的江南，特別是蘇州一帶，影響頗大。但令人不解的是他並未對當時的詩壇造成影響或引起重視。該如何解釋這個現象呢？茲引孔尚任所作之《葉星期過訪示已畦諸詩》詩：〔註 20〕

江上詩名知最先，逢君垂老貌頎然。匆忙罷吏蓬雙鬢，潦倒逢人袖一編。未解深心夫古雅，若爲刻論嚇時賢。少陵已化昌黎朽，誰能探奇撥霧煙？

「匆忙罷吏蓬雙鬢，潦倒逢人袖一編。」指的是葉燮罷官之後，隱居山林，少與達官顯宦、文人士子交往，加上時人多半因人廢言，對於一位落魄江湖書生的言論，自然不受重視。「未解深心夫古雅，若爲刻論嚇時賢」說明《原詩》一書，不僅針砭古人，而且對當時在文壇頗負盛名的錢謙益、汪琬等人，都有所批評。雖然他一再聲稱不懼蛟龍怒，但文壇領袖人物都有其門徒弟子擁護鞏固，一呼百諾，自然不易推翻。加上當時學術界是以考據爲顯學，詩文一道只是雕蟲小技。在有識之士不多得，伯樂難尋的情形之下，《原詩》的影響自然推行不遠了。又詩中稱葉燮是「深心扶古雅」之士，除了讚譽其詩作及詩論，也透顯出當時其文學主張不被重視，影響有限的原因。

其次葉燮論述詩之原時說：「理者與道爲體，事與情總實乎其中，惟昭其理，乃能出之以成文。」〔註 21〕把理與儒家之「道」聯繫起來，六經便成了理事情之權輿。在「述而不作，信而好古」的傳統

〔註 20〕此詩作於康熙二十八年。當時孔尚任於康熙二十五年至二十八年（1686～1689 年），奉命到揚州辦理疏浚淮河海口工程。

〔註 21〕見《已畦文集》卷十三〈與友人論文書〉。

下，稱引經典文獻爲自己思想作證，本爲中國學術史上一個普遍的現象，且這種風尚一旦養成，經典難免成爲每個人擺脫不了的負擔，所以縱使不涉及義理派別之爭，立言者尋求經典作證，也是司空見慣的事。葉燮的這個觀點，不啻主張「詩以載道」，顯現了其思想中較爲保守的一面。

再者，雖然葉燮的詩作，時人稱其「詩文鎔鑄古昔，而自成一家之言」。又說：「卓爾孤立，不隨時勢爲轉移」，葉燮自己也說：「必言前人所未言，發前人所未發」，他部分作品的確置之於唐宋，亦不遑多讓。但綜觀其詩集，詩作與詩論之間，仍是有理論與實際上的差距。

第八章　結　論

清代的顯學是考據之學，而考據的內容又以經學爲主。其他如文學、詩學都是經學的附庸，許多學者都是在從事考據學研究之餘而兼及詩文之道。葉燮處在這樣的時空環境之下也不免「思從事於古昔聖賢之經學」。無奈由於厭棄「飣餖之技」（按：指考據學），反而對詩文一道興趣較高，且又不敢以詩文爲雕蟲小技，故折衷於理道，希冀於經學與詩學之間取得平衡，並以此作爲寫作《原詩》的標的。

第一節　研究成果

一、葉燮作原詩的動機

在王士禛的「神韻說」出現之前，清朝自開國以來數十年間的詩論多承明代而來。此一時期的詩學論題，基本上不出明前後七子和公安等派分唐界宋的經緯。葉燮寫作《原詩》的動機有二，一是「掃除陳見俗諦」，二是成就一家之言。

葉燮以爲欲知古人的眞面目，必須先辨明詩的源流、本末、正變、盛衰。沈德潛寫〈葉先生傳〉時說：「成原詩內外篇，掃除陳見俗諦。」葉燮所擔憂的障蔽、以及所欲掃除之陳見有三：一是「句剽字竊」的尊唐者，指的是明七子及其末流而言。二是以錢起、劉長卿「淺利輕圓」爲標榜者，此指宗尚中晚唐的詩人；三是推崇陸游、范成大及元好問「婉秀便麗」者，指的是宗尚宋元詩者。因爲以上三派學者都不能窺見古人的眞面目，而是想要藉由援引一古人自立門戶，故葉燮作《原詩》四卷，欲建立一個以「源流本末」爲系統的詩話理論。這裡的「源流本末」牽涉到兩方面，一是詩歌的歷史發展，葉燮以「正變」說明。另一個是詩歌的產生與現實生活的關係，此部份則散見在他分析詩的原理、創作與批評之中。

二、詩學的正變觀

「正變」之說，見於〈詩大序〉及〈詩譜序〉，其所反映的是文學與時代、政治興衰之間的關係。詩之正經，反映的當然是太平盛世；反之，變風變雅所譏諷的便是「王道衰、禮義廢、政教失、國異政、家殊俗」的現象了。

「正變」論是中國詩話裡關於詩歌發展和流派興衰變化的論述，牽涉到詩歌的發展是進化或退化、詩歌創作如何繼承與革新、以及詩歌藝術發展變化的緣由和根據等問題。本文所探討的則是「正變」這個文學觀念，從最初與時代、政治的關係，到文學本身的發展，其理論的內容與這個專有名詞的變遷。

「正」「變」之說，據朱自清先生在《詩言志辨》一書可分爲「風雅正變」與「詩體正變」二類：

傳統儒家詩論就十分重視詩、樂對時代的反映。孔子說詩「可以觀」，認爲透過詩、樂可知風俗厚薄與政治得失。在《禮記‧樂記》說：

> 治世之音安以樂，其政和；亂世之音怨以怒，其政乖；亡國之音哀以思，其民困。聲音之道，與政通矣。

《詩大序》則進一步說：

> 至於王道衰、禮義廢、政教失、國異政、家殊俗，而變風變雅作矣。

詩作的內容反映出時代政治的興衰隆污，王道昌盛，所產生的作品是正，反之則變。詩三百的正變之說，不在評價文學（詩歌）本身的藝術價値，而是用來解釋社會政教的興衰。時代變化，詩的內容也跟著改變；但變而不失其正，因爲變詩中隱含的刺怨之情，仍有正人心、端世教的功用。但《詩大序》這種「變」的觀念及規範，帶來了一些較爲特殊的現象，就是即使文學作品要創新，也要冠以「復古」的頭銜。如唐代韓愈、柳宗元和明前後七子的復古運動，不論是載道或明道，均以復古爲通變之一環。

其次論「詩體正變」。推溯源頭可以上承至《易經・繫辭傳》中所說的：「易窮則變，變則通，通則久。」到了魏晉南朝時文學漸漸獨立，詩歌開始由反應政治興衰等正變問題，轉而研究文學發展的內在理路（inner logic）。劉勰《文心雕龍》，則會通魏晉以來文體、文辭、音韻，創新、繼承等問題，提出了「通變」的觀點。

從隋唐到明清，在通與變的問題上，曾出現過兩種傾向。一是唐朝初年講求創新反對齊梁文風的態度；另一則是中唐之後直至明代初期前後七子所提倡「文必秦漢、詩必盛唐」的復古主義。明代中葉之後，李贄、公安三袁、王夫之、葉燮等人，闡明了文學隨時代變化之理。除了時有變而詩因之，每個作家因爲個人氣質、思想、情感不同，文學作品必然也有屬於自己的特點，不必因襲古人，以古爲尚；但也不可將前人的成果全部抹煞，因爲創新必須在前人的基礎上發展。

綜合上述，歸納兩漢及兩漢前的「正變」觀，偏向文學內容與政治社會關係的融合；後來發展成爲南朝的「通變」觀；則偏向文學形式和文學本質的理解。尤其南朝之後，唐、宋、元、明在這兩大基礎上繼續發展。詩話理論體系中的「正變」論，結合了《詩大序》的「風雅正變」說和劉勰《文心雕龍》的「通變說」。所謂「正」，就是詩的正統、正宗；所謂「變」，則指的是詩歌的發展流變與因革沿創了。

三、葉燮詩學的正變觀（論詩歌之本與詩人之本）

《原詩》從歷史發展的角度，論述了從《詩經》以降迄於清初詩歌源流正變的過程。葉燮詩論主張最大的特點在於反對復古模擬，強調發展變化的「正變說。」「變」是事物發展的規律，中國詩歌的演變，即是在正變盛衰、沿革因創中完成的。詩歌的變，不是退後，而是一個「踵事增華」的過程，故「前人啓之，而後者承之而益之；前者創之，而後者因之而廣大之」。隨時代變遷與詩人才力高下之不同，詩作不得不變。葉燮說：

> 蓋自有天地以來，古今世運氣數，遞變遷以相禪。古云：「天道十年而一變。」此理也，亦勢也，無事無物不然。寧獨詩之一道，膠固而不變乎？

「理」是指世運氣數之理，是自然而然之理。「勢」是遞嬗變遷之勢，是萬事萬物必然發展的趨勢。葉燮以爲，「乾坤一日不息」，世間萬物都並非永恆的存在，而是時時處於變化發展之中，人的智慧心思也必無窮盡之路。葉燮區分「風雅正變」與「詩體正變」，說明兩種正變觀分別的標準不同，一繫乎時，一繫乎詩，不以同一個標準區分詩經與後世之詩的或正或變。換言之也就是不標舉《詩三百》爲正，後代詩爲變，可避免明前後七子把詩經當作不變的典範。

葉燮曾對明代思潮作過深刻而周延的反省，不但強調「變」的必然性，並且認爲詩歌歷史源流發展中的正變都是先後相對的。正變只能限定在某個文學特定時期作描述之用，不是一個統觀整體的描述，更不可據以評斷詩歌藝術的價值高下優劣。

就詩歌發展來說，「變」有二種，其一是就詩之源而言，時變而詩因之。時代不同，詩的內容與創作的態度自然不同，但是都不離詩之本，所以有盛無衰。其二是就詩之流而言，以詩言時，詩的體格、聲調、命意、措辭、新故升降之不同，詩遞變而時隨之，就詩之本（理事情三者）而言有合有離，故詩也有盛有衰，這是屬於文學發展的內在因素。

而所謂「變」，有小、大變之分。在共同時代中能自成一家者是小變；能自成一家且轉變潮流者是大變。能夠流行一時，造成風氣的文體，都是漸變而非突變的，前有所承，後有所啓。就變的本身而言，並無盛衰之別；然就文學（包括詩）的變化而言，雖變爲自然趨勢，倘若變而離開了詩之本，就有可能因變而轉衰。

何謂「本」？葉燮認爲「本」包括了詩歌之本和詩人之本二種，詩之本是「理事情」，詩人之本則爲「才膽識力」。

葉燮以爲世間存在之萬物，都是理事情三者的反映。何謂理、事、情？如本文第四章葉燮所述：「其能發生者，理也；其既發生，則事也；既發生之後，夭嬌滋植，情狀萬千，咸有自得之趣，則情也。」「理」是事物發生的必然趨勢；「事」爲事物的客觀存在；「情」則是萬事萬物所呈現出來千姿百態的情狀。除了具體的現象之外，葉燮以爲天地之大，還有「不可名言」、「不可施見」以及「不可逕達」的理事情。遇到這種情況，只能以「幽渺」爲理，以「想像」爲事，以「惝恍」爲「情」，既然盈天地皆是一種客觀的、自然的存在，那麼詩人就應該力求將這天地自然之美眞實而完整的表現出來，而不是一味擬古、復古，拾古人餘唾。其次傳統觀念多重視盛唐詩歌，晚唐詩歌則因「衰楓」而爲人輕視。同樣是反應客觀現象，葉燮以爲春花固然美，衰颯之音未嘗不是一種美。只要能「抒寫胸襟，發揮景物，境皆獨得，意自天成」，合乎事情，讓人獲得美感，縱使時變失正，然詩變而不失正，也是有盛無衰，能讓人詠言三嘆，尋味無窮。

就詩人之本來說，詩人的胸襟與才膽識力是決定詩歌價値的主要因素。「胸襟」是作詩的基礎，葉燮說：「有胸襟，然後能載其性情、智慧、聰明才辨以出，隨遇發生，隨生即盛。」如杜甫之所以能「隨所遇之人、之境、之事、之物，無處不發其思君王、憂禍亂、悲時日、念友朋、吊古人、懷遠道……」之嘆，皆因其有胸襟作爲基礎之故。而構成「胸襟」的四個因素爲才膽識力。所謂「才」，指作者的創作才能，包括觀察、想像、概括、鑑賞等能力；所謂「膽」，指的是創作時候敢於除舊創新的膽量與氣魄；所謂「識」，指的是學識、見識、閱歷，包含認識、辨別、分析客觀事物的能力及思想；所謂「力」，指的是作者的詩內功夫，即富於獨創性與純熟的寫作技巧。分而言之，四者各有所司；合而論之，四者相輔相成，密不可分，葉燮說「無才則心思不出，無膽則筆墨畏縮，無識則不能取捨，無力則不能自成一家」。又說：「才膽識力四者交相爲濟，苟一有所歉，則不可登作者之壇」。

詩論方面受葉燮影響的，有薛雪、沈德潛、李重華、吳雷發等人。但較爲著名的是薛雪及沈德潛二人。在林雲銘、張玉書、沈德潛、徐世昌、鄒之誠、郭紹虞、蔣凡等人的文學批評著作中，對葉燮詩論的貢獻與成就，也給予肯定的評價。

四、葉燮詩論的侷限

葉燮詩論也有他的侷限性，《原詩》的理論主張，在當時江南，特別是蘇州一帶，影響頗大。但令人不解的是他並未引起當時詩壇的重視。茲引孔尚任所作《葉星期過訪示已畦諸詩》說明此現象產生的可能原因：

> 江上詩名知最先，逢君垂老貌頎然。匆忙罷吏蓬雙鬢，潦倒逢人袖一編。未解深心夫古雅，若爲刻論嚇時賢。少陵已化昌黎朽，誰能探奇撥霧煙？

葉燮罷官之後，隱居山林，少與達官顯宦、文人士子交往，加上時人多半因人廢言，對於一位落魄江湖書生的言論，自然不受重視。《原詩》一書，不僅針砭古人，而且對當時在文壇上頗負盛名的錢謙益、汪琬等人，都有所批評。雖然他一再聲稱不懼蛟龍怒，但文壇領袖人物都有其門徒弟子擁護鞏固，一呼百諾，自然不易推翻。加上當時學術界是以考據爲顯學，詩文一道只是雕蟲小技。在有識之士不多得，伯樂難尋的情形之下，《原詩》的主張自然推行不遠了。

其次葉燮論詩之原時說：「理者與道爲體，事與情總實乎其中，惟昭其理，乃能出之以成文。」他把理與儒家之「道」聯繫起來，「六經」便成了理事情之權輿。在「述而不作，信而好古」的傳統影響下，引用經典文獻作爲自己思想的佐證，本爲中國學術史上一個普遍的現象，且這種風尚一旦養成，經典難免成爲每個人擺脫不了的負擔，所以縱使不涉及義理派別之爭，立言者尋求經典作證，也是司空見慣的事。葉燮主張「詩以載道」，雖非復古、擬古，也顯現了其思想中較爲保守的一面。

再者，雖然葉燮的詩作，時人稱其「詩文鎔鑄古昔，而自成一家之言」。又說：「卓爾孤立，不隨時勢爲轉移」，葉燮自己也說：「必言前人所未言，發前人所未發」，他部分作品的確置之於唐宋，亦不遑多讓。但綜觀其詩集，詩作與詩論之間，仍是有理論與實際上的差距。

第二節 研究限制與展望

在材料運用方面，我國詩學批評與理論由來已久，且篇帙浩繁，本文從「正變」的觀點著手，將時代影響與文體本身變化等因素納入，企圖探求從詩經以降迄於清代，詩學理論中「正變」與「通變」觀念的融合與演變，並從葉燮「時變而詩因之，詩變而時隨之」的詩學理論，將這二大範疇聯繫起來，但學生遇到的困難處在於詩學資料過於龐大、詩話著作眾多不可計數，想從中抽絲剝繭一一釐清「正變」觀念的發展演變，實有困難之處，故只能選擇較具有代表性的詩話作爲佐證。這是在材料方面的不足之處。

次論「觀念」演進情形的的研究，其難處在於文學觀念的的形成與改變，並不是繫於一時一地一人；詩學理論中「正變」與「通變」觀念的分合，也非斷限在一個點上，而是歷代詩學、詩論、詩話的積累演變。如欲確切標舉出何時何人，有其不易之處。這是在研究一個觀念演進發展方面的難題。

未來學生將朝著「觀念史」的方向，繼續研究中國文學批評理論中詩學與史學之間的關係。先建立起形而上的本體，在「不變」之中論「變」的源流發展。除了關注文學自身發展的傾向，也留心時代、地域因素對它所造成的影響。

附　錄

附錄一：葉燮父母及手足

父：葉紹袁

母：沈宜修，字宛君

★葉紹袁十七歲時（萬曆三十三年，1605 年）與沈宛君結婚

大姊：葉紈紈（字昭齊）（生於神宗萬曆三十八年六月，1610 年）

二姊：葉小紈（字蕙綢）（生於神宗萬曆四十一年四月，1613 年）

長兄：葉世佺（字雲期）（生於神宗萬曆四十二年八月，1614 年）

三姊：葉小鸞（字瓊章）（生於神宗萬曆四十四年三月，1616 年）

次兄：葉世偁（字聲期）（生於神宗萬曆四十六年三月，1618 年）

三兄：葉世容（字威期）（生於神宗萬曆四十七年七月，1619 年）

四兄：葉世侗（字開期）（生於神宗萬曆四十八年八月，1620 年）

五兄：葉世儋（字遐期）（生於熹宗天啓四年二月，1624 年）

四姊：葉小繁（字千瓔）（生於熹宗天啓六年四月，1626 年）

葉燮：葉世倌（字星期）（生於熹宗天啓七年九月，1627 年）

大弟：葉世倕（字弓期）（生於思宗崇禎二年十一月，1629 年）

二弟：葉世儴（生於思宗崇禎四年十一月，1631 年）

附錄二：葉燮年表

西元	年　號	年齡	葉　　燮　　大　　事　　記
〔明熹宗〕名由校，光宗之子，在位七年。			
1627	天啓七年	1	生於江蘇吳江
〔明思宗〕名由檢，光宗之子，在位十六年。			
1628	崇禎元年	2	
1629	二年	3	
1630	三年	4	從其父葉紹袁讀楚辭
1631	四年	5	
1632	五年	6	
1633	六年	7	
1634	七年	8	
1635	八年	9	1. 八弟世傢卒。 2. 九月五日夕，母沈宛君卒，年四十六。
1636	九年	10	
1637	十年	11	
1638	十一年	12	
1639	十二年	13	
1640	十三年	14	二月，其兄世容卒。
1641	十四年	15	讀愣嚴經。
1642	十五年	16	其兄世儋卒，年二十。
1643	十六年	17	
〔清世祖〕愛新覺羅氏，名福臨。父皇太極乃建國號清，至是遂入關代明稱帝。在位十八年。			
1644	順治元年	18	補嘉善弟子員，應試時排名第一。
1645	二年	19	其父紹袁於八月在杭州棲眞寺祝髮爲僧。
1646	三年	20	1. 往武山，四月七日歸。 2. 與弟世倕往青芝山。
1647	四年	21	五月、六月陪其父往武水、雲間、當湖、耘廬。

1648	五年	22	1. 三月，與弟回汾湖奠拜母親。 2. 其父葉紹袁卒於平湖耘盧，年六十。
1649	六年	23	
1650	七年	24	
1651	八年	25	交華山確公青上人，贈松弦館琴譜。
1652	九年	26	館於石門鍾定（靜遠）之居。得交曹叔則。
1653	十年	27	
1654	十一年	28	弟世倕卒，年二十七。
1655	十二年	29	
1656	十三年	30	四兄世侗卒，年三十七。
1657	十四年	31	夏，與吳廷發同舟赴桐谿讌集。是時尚館於石門鍾定家，冬別去。
1658	十五年	32	1. 上巳日，遊永嘉江心寺。 2. 長兄世佺卒，年四十五。至是葉燮兄弟均沒，孑然一身。
1659	十六年	33	
1660	十七年	34	
1661	十八年	35	
〔清聖祖〕名玄燁，在位六十一年。			
1662	康熙元年	36	
1663	二年	37	宋琬、葉燮與計東（草甫）等北行。過楓橋之寒山寺。其友殳子山夫讀書寺中。
1664	三年	38	
1665	四年	39	
1666	五年	40	鄉試中舉。出慶元令蘄水雪壇程氏之門。是秋謁之於江上。
1667	六年	41	
1668	七年	42	
1669	八年	43	
1670	九年	44	1. 是年成進士。王士禛之兄王士祜（東亭）爲同年。 2. 出都門，柯翰周過送。

1671	十年	45	謁程雪壇於慶元。
1672	十一年	46	遊黃山。
1673	十二年	47	遊西湖。
1674	十三年	48	
1675	十四年	49	1. 謁選得寶應，六月受事。 2. 著有〈記事雜詩十二首〉。
1676	十五年	50	十一月，被黜。在職僅一年有半。
1677	十六年	51	
1678	十七年	52	冬，得廢圃於橫山，面九龍堯峰諸山，築草堂，命名爲二棄草堂。
1679	十八年	53	
1680	十九年	54	
1681	二十年	55	已畦詩集約始於是年。 冬，過石門訪曹叔則。重過西湖。
1682	二十一年	56	二月，撰〈帶存堂記〉。帶存堂，曹叔則堂名。
1683	二十二年	57	1. 崑山徐季重冒雪致二棄草堂訪葉燮。後同往禾中訪曹溶，不遇。稍後相遇於白下。 2. 與梁佩蘭、吳之振時相往來，詩文唱酬。梁佩蘭歸南海，贈詩送別。 3. 吳兆騫過二棄草堂訪葉燮。吾將入都，葉氏賦長歌送別，別後有〈與吳漢槎書〉。
1684	二十三年	58	1. 上元前一日，自序文集。曹溶序已畦詩集。 2. 〈汪文摘謬〉約成於是年。 3. 冬，遊嶺南。 4. 吳兆騫卒，葉燮有詩輓之。
1685	二十四年	59	冬，遊嶺南、廬山。著詩〈上兩廣制度吳大司馬〉〈送王阮亭宮詹祭海遇朝〉。
1686	二十五年	60	1. 九月，撰成《原詩》內外四卷。九月，林雲銘序。十月，海寧沈珩序。 2. 九月，曹叔則、吳孟舉方舟夜至草堂訪葉燮。 3. 張玉書序已畦詩文集。時葉氏甫自嶺南歸，將遊浯溪，偕吳之振爲唐宋詩選。
1687	二十六年	61	1. 五月，改葬其父，作〈西華阡表〉。 2. 著有〈送張實存世執入都侯補〉詩。 3. 中秋之後，葉燮等集吳之振橙齋次東坡韻，互相酬唱。

1688	二十七年	62	季春，史西眉同處沖過二棄草堂。
1689	二十八年	63	著有〈與千子諸子論詩竟日，仍疊韻二首〉。
1690	二十九年	64	1. 撰〈樂志堂集〉。 2. 弟子鍾定（靜遠）爲陳留令，與吳之振比鄰，邀葉燮過署遊宴。葉氏由陳留至儀封，再至鄢陵訪梁日緝。 3. 參與纂修《陳留縣志》及《儀封縣志》。 4. 十二月十日汪琬卒，年六十七。
1691	三十年	65	1. 秋七月，撰〈積善菴改建律院碑記〉。 2. 冬，張嶠亭邀葉燮館於海鹽張氏涉園旬月。
1692	三十一年	66	1. 著〈秦留仙太史招偕徐尚書建菴山莊〉詩。 2. 撰〈撰記黃山廬山兩遊〉。
1693	三十二年	67	1. 春，撰〈永定寺大悲殿記〉、〈彙刻慈功堂詩文集〉。 2. 冬，復過楓橋寒山寺。
1694	三十三年	68	1. 徐乾學招同葉燮、愚谷、孚若諸公集遂園。 2. 撰〈聽松堂姓字記〉。
1695	三十四年	69	著有〈邗江賦別溧陽史西眉〉七首、〈口占楊子起宗〉詩。
1696	三十五年	70	1. 將遠遊太華山、峨嵋山。 2. 作〈將遠游奉別諸同人〉。
1697	三十六年	71	宋犖過二棄草堂訪葉燮。
1698	三十七年	72	1. 仲夏，葉燮與友人集虛己齋，縱讀竟日旁及內典，步東坡歧亭韻。 2. 沈德潛館於家，四月應張岳未家。詩文會，請詩學余橫山先生。
1699	三十八年	73	詩集止於是年，共十卷。
1700	三十九年	74	
1701	四十年	75	已畦文集止於本年。
1702	四十一年	76	以未遊會稽五洩爲憾，裹三月糧，窮其奧而歸。歸遂疾。
1703	四十二年	77	秋，卒，年七十七。 先是葉氏以所製詩古文并及門數人詩致書王士禛。 卒後，王漁洋書來，謂先生詩特立無所依傍；門下得其神髓。

附錄三：葉燮石刻手跡

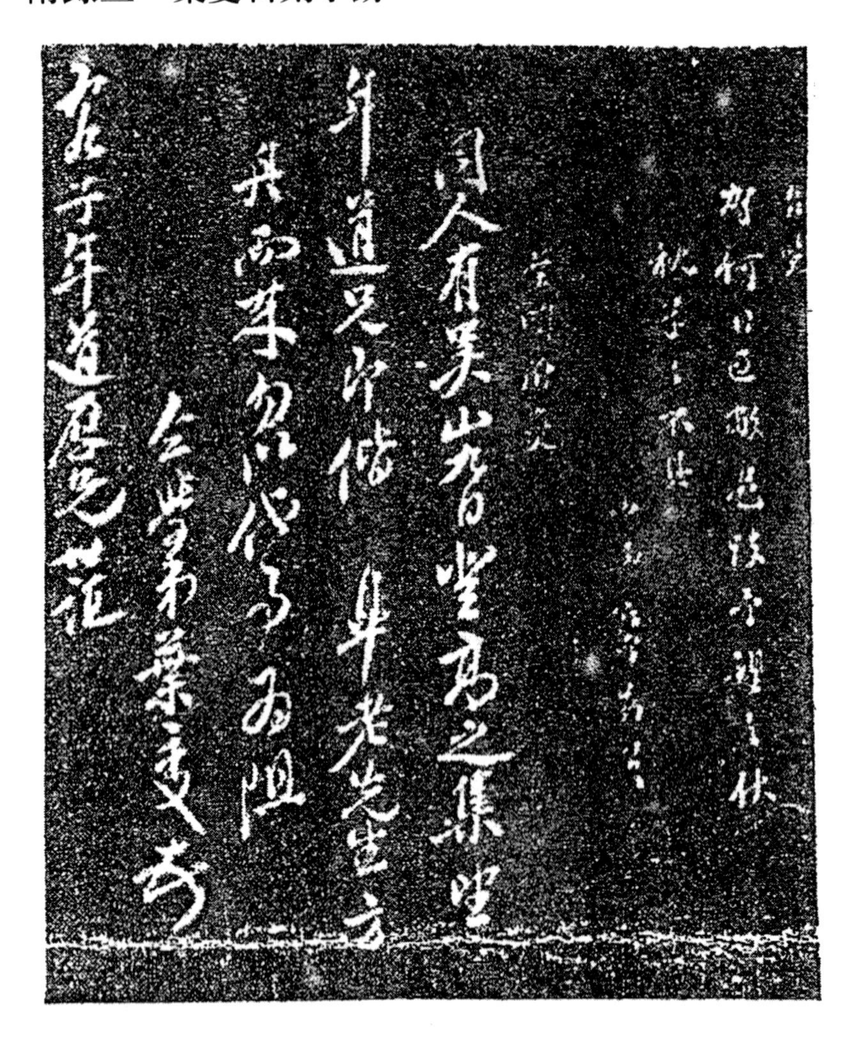

附錄四：書　影

康熙間二棄草堂本「原詩」

原詩卷一

內篇上

嘉善葉　燮星期

詩始於三百篇而規模體具於漢自是而魏而六

朝三唐歷宋元明以至　昭代上下三千餘年間

詩之質文體裁格律聲調辭句遞升降不同而要

之詩有源必有流有本必達末又有因流而溯源

循末以返本其學無窮其理日出乃知詩之爲道

未有一日不相續相禪而或息者也但就一時而

論有盛必有衰綜千古而論則盛而必至於衰又

原詩卷一　內篇上　一　二棄草堂

康熙間二棄草堂本「已畦文集」

已畦集卷之一

吳江　葉燮　星期

正統論上

正統之論始於歐陽子後之論者紛紛不一予奪進退之說未定其歸自朱紫陽成綱目而正統之辨始嚴明正學方子謂漢唐宋如朱子之意可也秦與晉隋槩與之以正統何可哉其論是也然等晉隋於秦又非也夫秦之得爲正統歐陽之論得其當矣晉與隋皆篡弒以得之紫陽以謂晉隋雖得之不以正而天下實統於一不得黜也止於其

已畦集　卷一　正統論上　一　二棄草堂

康熙間二棄草堂本「已畦詩集」

已畦詩集卷之一

吳江 葉燮 星期

山居雜詩

兀坐閱終古南山當坐隅憶昨卜誅茆愛山面山

嵎惟此山與我坐卧飲食俱性情久益習交好澹

相娛忘我幷忘山謂山特我趨勞生大造間何物

非助吾杲日燭我闇清風凉我襦萬有適五官恬

然享其輸何爲擾且攘求饜踵頂濡猶復矜予智

奚益笑蚩愚

茲山秩然靜四序迭遷別豈伊有殊態行生競緇

已畦詩集 卷之一 一 二棄草堂

夢篆樓刊本「已畦詩集」

序

善詩者可以教天下不善詩者不可以治一身夫固是詩而稱善何也溫厚蘊於內而奇邪無所容薦朝廟則禮樂興達宴享則賓客洽訓胄子暢風謠則人材成民俗茂故其教廣大及於旣衰以僻戾之氣揚剽浮之聲不自審量而咎遭會之不我與怨誹交作顯干世患施諸贈答則側媚其辭以爲贄猶惕惕然慮迎合之不工人已之間無一不致其薄詩之日底俶陋又何尤乎上之功令不及詩下又無聖人以刪之其亦重不幸也已葉子星期刻已畦詩數卷受而讀之乃大異乎世之作者非異也其屏擯俗習涵蓄者素自小學以至涖官復自被讒以至歸隱終始一

康熙間世楷堂藏板（昭代叢書）「已畦瑣語」

已畦瑣語　　續編補卷第十八

吴江葉　燮星期著

治民有一定之法程則人知所遵而姦吏猾胥不敢上下其手同一事也賞則均賞罰則均罰故賞一人而天下勸罰一人而天下懲也乃有賞不足勸罰不足懲者可不深思其故乎

好官不過多得錢耳此玩世不恭語也後人藉以爲入官之美談小吏取之于民日積月累上官攫而取之大往小來斂怨于民究竟爲他人作嫁衣裳耳

昭代叢書續編補　已畦瑣語　一　世楷堂

參考資料

〔茲分爲專書、期刊及學位論文三大項，其中專書一項又細分八小類，每一項（類）之中再依出版年月排列〕

一、專　書

（一）葉燮著述

1. 《已畦詩集》，〔清〕葉燮著，影印叢書子目續編，台北：藝文印書館。
2. 《已畦文集》，〔清〕葉燮著，叢書子目續編，台北：藝文印書館。
3. 《江南星野辨》，〔清〕葉燮著，叢書子目續編，台北：藝文印書館。
4. 《原詩》，〔清〕葉燮著，叢書子目續編，台北：藝文印書館。
5. 《汪文摘謬》，〔清〕葉燮著，叢書子目續編，台北：藝文印書館。

（二）研究葉燮之著述

1. 《葉燮的人格與風格》，丁展謨著，台北：成文出版社，民國 67 年 3 月。
2. 《原詩》，〔清〕葉燮著，霍松林校注，北京：人民文學出版社 1979 年。
3. 《葉燮和原詩》，蔣凡著，台北：國文天地，民國 82 年 6 月。

（三）文學、文學理論、文學批評

1. 《文學欣賞與批評》，徐進夫譯，台北：幼獅文化，民國 64 年 4 月。

2. 《中國文學批評論文集》，黃海章著，湖南：岳麓書社，1983 年 4 月。
3. 《中國文學批評家與文學批評》（上、下），朱東潤等著，台北：臺灣學生書局，1984 年 5 月再版。
4. 《談藝錄》（補訂本），錢鍾書著，中華書局，1984 年 9 月。
5. 《中國文學批評史》，王運熙、顧易生主編，上海古籍出版社，1985 年 7 月。
6. 《中國古代文論管窺》，王運熙著，山東：齊魯書社，1987 年 3 月。
7. 《詩家直說箋注》，〔明〕謝榛著，李慶立、孫慎之箋注，山東：齊魯書社，1987 年 5 月。
8. 《詩問四種》，〔清〕王士禛著，周維德箋注，山東：齊魯書社，1987 年 5 月。
9. 《文心雕龍的風格學》，詹瑛著，台北：木鐸出版社，民國 77 年 9 月。
10. 《明代文學批評研究》，簡錦松著，台北：台灣學生書局，民國 78 年 2 月。
11. 《文學批評的視野》，龔鵬程著，台北：大安出版社，民國 79 年 1 月。
12. 《文心雕龍綜合研究》，彭慶環著，台北：正中書局，民國 79 年。
13. 《中國古代文學創作論》，張少康著，台北：文史哲出版社，民國 80 年 6 月。
14. 《中國文學發展史》，劉大杰著，台北：華正書局，民國 80 年 7 月。
15. 《文心雕龍讀本》，〔梁〕劉勰著，王更生注譯，台北：文史哲出版社，民國 80 年 9 月初版四刷。
16. 《中國文學理論史》（四），黃保眞、蔡鐘翔、成復旺著，北京：北京出版社，1991 年 10 月。
17. 《現代中國文學批評述論》，柯慶明著，台北：大安出版社，1992 年 3 月第一版第二刷。
18. 《中國文學理論批評史》，敏澤著，吉林：吉林教育出版社，1993 年 3 月。
19. 《文論散記——詩心文心的知音》，周振甫著，北京：學苑出版社，1993 年 3 月。
20. 《中國文學批評史》，郭紹虞著，台北：五南圖書出版有限公司，民國 83 年 8 月。

21. 《傳統文藝思想的現代闡釋》，譚帆著，上海：上海社會科學院出版社，1995年6月。
22. 《中國文學理論與實踐》，王夢鷗著，台北：時報文化出版，1995年11月初版一刷。
23. 《清代學術思想的變遷與文學》，馬積高著，湖南：湖南出版社，1996年1月。
24. 《中國古典文論新探》，黃維樑著，北京：北京大學出版社，1996年11月。
25. 《古代文學理論研究》（第十八輯），古代文學理論研究編委會編，上海：古籍出版社，1997年7月。
26. 《中古文學理論範疇》，詹福瑞著，河北：河北大學出版社，1997年5月第一版。
27. 《清代文學批評論集》，吳宏一著，台北：聯經出版社，1998年6月。
28. 《中國古代文學批評史》，蔡鎭楚著，湖南：岳麓書社，1999年4月。

（四）詩學

1. 《中國詩學》，黃永武著，台北：巨流圖書公司，民國68年4月。
2. 《清代詩學初探》，吳宏一著，台北：台灣學生書局，民國75年1月再版。
3. 《沈德潛詩論探研》，胡幼峰著，台北：學海初版社，民國75年3月。
4. 《唐代的傳承——明代復古詩論研究》，陳國球著，台北：台灣學生書局，民國79年9月。
5. 《中國詩學體系論》，陳良運著，北京：中國社會科學出版社，1992年7月。
6. 《詩史本色與妙悟》，龔鵬程著，台北：台灣學生書局，民國82年2月增訂版一刷。
7. 《清初虞山派詩論》，胡幼峰著，台北：國立編譯館，民國83年10月。
8. 《論唐詩繁榮與清詩演變》，霍有明著，北京：中國社會科學出版社，1997年1月。
9. 《中國詩學通論》，袁行霈、孟二冬、丁放著，安徽：安徽教育出版社，1994年12月。

10. 《清代文化與浙派詩》，張仲謀著，北京：東方出版社，1997 年 8 月。
11. 《中唐詩歌之開拓與新變》，孟二冬著，北京：北京大學出版社，1998 年 9 月。
12. 《中國詩學》（第三卷），汪勇豪、駱玉明主編，錢鋼、周鋒、張寅彭編著，上海：東方出版中心，1999 年 4 月。

（五）美學、思想

1. 《中國美學史資料選編》（上、下），中國文史資料編輯委員會編著，台北：光美書局，民國 73 年 9 月。
2. 《中國美學的巨擘》，葉朗著，台北：金楓出版公司，民國 76 年 7 月。
3. 《先秦美學史》（上、下），李澤厚、劉綱紀著，台北：金楓出版公司，民國 76 年 7 月。
4. 《兩漢美學史》，李澤厚、劉綱紀著，台北：金楓出版公司，民國 76 年 7 月。
5. 《中國美學的發端》，葉朗著，台北：金楓出版公司，民國 76 年 7 月。
6. 《中國美學的開展》（上、下），葉朗著，台北：金楓出版公司，民國 76 年 7 月。
7. 《談美》，台北：康橋出版社，民國 77 年 1 月再版。
8. 《古代文藝美學論稿》，張少康著，台北：淑馨出版社，民國 78 年 11 月。
9. 《中國古代美學思想》，馮滬祥著，台北：學生書局，民國 79 年 2 月。
10. 《明清之際儒家思想的變遷與發展》，林舜著，台北：台灣學生書局，民國 79 年 10 月。
11. 《小說美學》，王國維著，台北：金楓出版社，民國 80 年 6 月再版。
12. 《狂飆時代的美學》，朱光潛著，台北：大鴻圖書公司，民國 80 年 5 月再版。
13. 《啓蒙運動的美學》，朱光潛著，台北：大鴻圖書公司，民國 80 年 5 月再版。
14. 《現實主義的美學》，朱光潛著，台北：大鴻圖書公司，民國 80 年 5 月再版。

15. 《文藝心理學》(上、下)，朱光潛著，台北：大鴻圖書公司，民國80年5月再版。
16. 《明末清初學術思想研究》，何冠彪著，台北：台灣學生書局，民國80年2月。
17. 《歷史與思想》，余英時著，台北：聯經出版事業公司，民國81年4月第十七版。
18. 《中國散文美學史》，吳小林著，黑龍江：黑龍江人民出版社，1993年5月。
19. 《美的歷程》，李澤厚著，台北：風雲時代出版，民國83年7月。
20. 《中國古代心裡詩學與美學》，童慶炳著，台北：萬卷樓圖書公司，民國83年8月。
21. 《中國詩歌美學史》，張松如主編，莊嚴、章鑄著，吉林：吉林大學出版社，1994年10月。
22. 《晚明思潮》，龔鵬程著，台北：里仁書局，民國83年11月。
23. 《清代詩歌與王學》，陳居淵著，台北：文津出版社，民國83年12月。
24. 《華夏美學》，李澤厚著，台北：三民書局，民國85年9月。
25. 《美學論集》(新訂版)，李澤厚著，台北：三民書局，民國85年9月。
26. 《美學四講》，李澤厚著，台北：三民書局，民國85年9月。
27. 《中國古代詩學本體論闡釋》，毛正夫著，台北：五南圖書出版公司，民國86年4月。
28. 《中國美學思想史》，敏澤著，山東：齊魯書社出版，1989年8月。
29. 《中國藝術精神》，徐復觀著，台北：學生書局，民國87年7月第十一次印刷。
30. 《美學在台灣的發展》，龔鵬程編著，嘉義：南華管理學院，1998年8月。

(六) 史學

1. 《清儒學案》，徐世昌纂，台北：世界書局，民國51年。
2. 《國朝耆獻類徵初編》，李桓輯錄，台北：文海出版社，民國55年10月。
3. 《文史通義》，章學誠著，台北：世界書局，民國73年8月第四版。

4. 《康熙起居注》(全三冊)，中國第一歷史檔案館整理，北京：中華書局，1984 年 8 月。
5. 《清儒學案新編》，楊向逵著，濟南：齊魯書社，1985 年。
6. 《清史稿校註》，清史稿校註編纂委員會編纂，台北：國史館，民國 75 年 2 月。
7. 《清史列傳》，趙爾巽等著，清代傳記叢刊，台北：明文書局，民國 75 年 1 月。
8. 《清代學術史研究》，胡楚生著，台北：台灣學生書局，民國 77 年 2 月。
9. 《古典文學儲存信息備覽》，杜明通著，陝西：陝西人民出版社，1988 年 3 月。
10. 《清代史學與史家》，杜維運著，北京：中華書局，1988 年 4 月。
11. 《中國印刷史》，張秀民著，上海：人民出版社，1989 年 9 月。
12. 《唐詩紀事》，〔宋〕張戒著，四川大學出版社，1990 年 2 月。
13. 《列朝詩集小傳》，錢謙益著，台北：明文書局，民國 80 年 10 月。
14. 《明清文學史》(明代卷)，吳志達編著，湖北：武漢大學出版社，1991 年 12 月。
15. 《明清文學史》(清代卷)，唐富齡著，湖北：武漢大學出版社，1991 年 12 月。
16. 《文學史新方法論》，王鍾陵著，江蘇：蘇州大學出版社，1993 年 8 月。
17. 《清代學術史研究續編》，胡楚生著，台北：台灣學生書局，民國 83 年 12 月。
18. 《清史稿》，續修四庫全書編輯委員會，上海：古籍出版社，1995 年。
19. 《中古文學史論》，王瑤著，北京：北京大學出版社，1998 年 1 月第二版。
20. 《明史》，〔清〕張廷玉等撰，中國學術類編，楊家駱主編，台北：鼎文書局。

(七) 詩話、筆記

1. 《詩藪》，〔明〕胡應麟著，中華書局，1962 年 11 月。
2. 《清詩話》，丁福保編，台北：中華書局，1963 年。
3. 《帶經堂詩話》，〔清〕王士禛著，〔清〕張宗柟纂集、夏閎校點，人民文學出版社，1963 年 11 月。
4. 《韓昌黎文集校注》，韓愈撰、馬通伯校注，台北：華正書局，民國 64 年 4 月台一版。
5. 《蘇東坡全集》，蘇軾著，台北：河洛圖書出版社，民國 64 年 9 月。
6. 《隨園詩話及補遺》，袁枚著，台北：長安出版社，民國 67 年 6 月。
7. 《清詩話》，丁福保編，上海：古籍出版社，1978 年。
8. 《清詩話》，丁福保編，上海：古籍出版社，1978 年 9 月新一版。
9. 《一瓢詩話》，〔清〕薛雪著，說詩晬語，〔清〕沈德潛著，霍松林校注，北京：人民文學出版社，1979 年 9 月北京第一版，1998 年 5 月北京第一次印刷。
10. 《歷代詩話》，〔清〕何文煥輯，中華書局，1981 年 4 月。
11. 《滄浪詩話》，嚴羽著，台北：木鐸初版社，民國 71 年 2 月。
12. 《隨園詩話》，〔清〕袁枚著，顧學頡校點，人民文學出版社，1982 年 9 月。
13. 《唐詩品彙》，〔明〕高棅編選，上海：古籍出版社，1982 年 8 月。
14. 《滄浪詩話校釋》，〔宋〕嚴羽著，郭紹虞校釋，中華書局，1983 年 12 月。
15. 《清詩話續編》，郭紹虞編選，富壽蓀校點，上海：古籍出版社，1983 年 12 月。
16. 《歷代詩話續編》，丁福保輯，中華書局，1983 年 8 月。
17. 《詩歸》，〔明〕鍾惺、譚元春選評，張國光等點校，湖北：人民出版社，1985 年 5 月。
18. 《詩品》，〔南朝齊〕鍾嶸著，金楓出版社，1986 年 12 月。
19. 《沈德潛詩論探研》，胡幼峰著，台北：學海出版社，民國 75 年 3 月。
20. 《詩源辯體》，〔明〕許學夷著，杜維沫校點，北京：人民文學出版社，1987 年 10 月第一版，1998 年 2 月第一次印刷。
21. 《隨園詩說的研究》，顧遠薌著，中國書店，1988 年 3 月。
22. 《中國詩話史》，蔡鎮楚，長沙：湖南文藝出版社，1988 年 5 月。
23. 《歷代詩話論詩經楚辭》，蔡守湘、江鳳主編，湖北：武漢出版社，1991 年 6 月。

24. 《詩話概說》，劉德重、張寅澎著，台北：學海出版社，民國 82 年。
25. 《清代詩話研究》，張健著，台北：五南圖書出版公司，民國 82 年 1 月。
26. 《歐陽修全集》，歐陽修著，上海：世界書局，1996 年 3 月。

（八）集部及其他

1. 《南雷文定》，黃宗羲著，台北：中華書局，民國 55 年 3 月。
2. 《初學集》，錢謙益著，台北：台灣商務印書館，民國 64 年 6 月第三版。
3. 《袁中郎集》，〔明〕袁宏道著，台北：偉文出版社，民國 65 年 9 月。
4. 《鮚埼亭集》，全祖望著，台北：華世出版社，民國 66 年 3 月。
5. 《顧亭林詩文集》，顧炎武著，台北：漢京文化公司，民國 73 年 3 月。
6. 《焚書》，〔明〕李贄著，四部刊要版，台北：漢京文化公司，民國 73 年 5 月。

二、期　刊

1. 〈葉燮原詩初探〉，張靜二著，《中外文學》第四卷第四期，民國 64 年 9 月。
2. 〈葉燮原詩研究〉，吳宏一著，《國立編譯館館刊》第六卷第二期，民國 66 年 12 月。
3. 〈葉燮及其《原詩》〉，敏澤著，《文學評論》第四期，1978 年。
4. 〈葉燮論形象思維〉，任中杰著，《北方論叢》第四期，1979 年。
5. 〈論葉燮的《原詩》〉，陳謙豫著，《新疆師範大學學報》第一期，1980 年。
6. 〈論葉燮的《原詩》〉，禹克坤著，《中央民族學院學報》第三期，1980 年。
7. 〈葉燮的美學體系〉，葉朗著，《文藝理論研究》第三期，1980 年。
8. 〈葉燮的詩歌理論〉，張文勛著，《古代文學理論研究叢刊》第三輯，1981 年 2 月。
9. 〈葉燮的文學思想〉，李湛渠著，《淮陽師專學報》第二期，1981 年。

10. 〈論清初遺民反清態度的轉變〉，王思治、劉鳳雲著，《社會科學戰線》第一期，1989 年。
11. 〈試論葉燮的詩歌創作論：兼談與王夫之的差異〉，江裕斌著，《重慶師院學報》，1990 年 1 月。
12. 〈葉燮著述考徵〉，廖宏昌著，《孔孟月刊》第二十九卷第七期，民國 80 年 3 月。
13. 〈葉燮原詩新論〉，王紹齡著，《河南師範大學學報》，1991 年 3 月。
14. 〈論清初文化政策〉，陳祖武著，《中國史研究》第三期，1991 年。
15. 〈試論葉燮的理性美學觀〉，陳長義著，《學術月刊》，1991 年 11 月。
16. 〈葉燮美學思想述談〉，魯文忠著，《美學論叢》第十一輯，1992 年。
17. 〈葉燮的美學思想〉，楊曉儒著，《西北師大學報》，1992 年 3 月。
18. 〈葉燮作家論初探〉，王紹齡著，《河南師範大學學報》，1992 年 4 月。
19. 〈葉燮散文析論〉，廖宏昌著，《中國工商學報》第十三期，民國 81 年 6 月。
20. 〈試論葉燮詩論中之時變觀〉，黃麗卿著，《問學集》第三期，民國 82 年 5 月。
21. 〈談詩話內容的分類〉，何永清著，《中國語文月刊》第四六九期，1996 年 7 月。
22. 〈葉燮「原詩」之詩學理論初探〉，徐麗霞著，《人文集社會學科教學通訊》第八卷第三期，民國 86 年 10 月。
23. 〈中國詩學理論「點」的起步——《詩話概論》評介〉，黃美華著，《中國文化月刊》第二一一期，1997 年 10 月。
24. 〈詩話作而詩亡——一個詩學觀念的分析〉，黃如焄著，《雲林工專學報》第十六期，1997 年 6 月。
25. 〈葉燮「原詩」與藝術辯證法〉，莊錫華著，《中國文化月刊》第二一五期，民國 87 年 2 月。
26. 〈人文與天文合一——葉燮的審美創作基本原理初探〉，林衡勛著，《古代文學理論研究叢刊》第十八輯。
27. 〈論明清詩話對唐七古的正變之爭〉，陳美珠著，《中國文化月刊》第二三二期，1999 年 7 月。

三、學位論文

1. 《葉燮詩論研究》，陳惠豐著，國立台灣師範大學國文研究所碩士論文，1976 年 6 月。
2. 《葉燮原詩研究》，江裕斌著，北京中國社會科學院研究生碩士論文，1981 年。
3. 《葉燮原詩研究》，王愛仙著，新加坡國立大學中文系榮譽學位論文，1981 年。
4. 《葉燮原詩研究》，馮曼倫著，私立東吳大學中文系碩士論文，1982 年。
5. 《易傳之變易思想研究》，林文欽著，國立高雄師範大學國文研究所碩士論文，1985 年 5 月。
6. 《葉燮詩論鉤沈》，潘漢光著，香港大學碩士論文，1987 年。
7. 《《原詩》析論》，王策宇著，國立高雄師範學院國文研究所碩士論文，1988 年 6 月，顏崑陽指導。
8. 《清代詩歌與王學》，陳居淵著，上海復旦大學古籍研究所博士論文，1992 年。